No es el Final y Nada es Igual

Sobreviviré
La serie

AUTORA BESTSELLER DEL USA TODAY

GIANNA GABRIELA

CRÉDITOS

Sobreviviré

No es el Final & Nada es Igual

Copyright © 2020 Gianna Gabriela

ISBN E-book: 978-1-951325-23-7

ISBN Paperback: 978-1-951325-24-4

Diseño de portada: LJ Designs

Traducción: Daisy Services for Authors

NO ES EL FINAL

SOBREVIVIRÉ, #1

Dimah Emerson lleva sobre sus hombros un peso que nadie debería soportar, pero lamentablemente, muchos lo hacen. Después de esa experiencia que altera su vida, Dimah se pierde en las sombras.

El miedo la obliga a callar, a permanecer en un lugar donde nadie se da cuenta por lo que ha pasado.

La acosan constantemente.

No es hasta que alguien aparece en su vida que se da cuenta de que tiene que defenderse y reclamar el control de su futuro.

No es el Final

Final

AUTORA BESTSELLER DEL USA TODAY

GIANNA GABRIELA

No es el

Final

AUTORA BESTSELLER DEL USA TODAY
GIANNA GABRIELA

CRÉDITOS

DEDICATORIA

A todos ustedes.

Sí, todos ustedes.

Todos ustedes que están perdidos.

Todos ustedes que han luchado.

Todos ustedes que han sufrido a manos de otros.

Todos ustedes que se han perdido en el viaje de la vida.

Todos ustedes que se miran en el espejo y no reconocen a la persona en el reflejo.

Busca por ti mismo.

Encuéntrate.

Ámate a ti mismo.

No es demasiado tarde.

Nunca lo es.

PRÓLOGO

CONOZCO MUY BIEN ESTA EMOCIÓN.

CONOZCO A JAKE DESDE LA PRIMARIA. RECUERDO HABERLO visto sentado solo en una mesa de la cafetería, sintiendo pena por él, dejé mi propia mesa para unirme a él. Recuerdo la expresión de su rostro cuando vio que ya no estaba solo. Recuerdo que le pedí a mi madre que me empacara un segundo paquete de galletas con chispas de chocolate porque a él realmente le gustaban, en realidad le encantaban, y yo quería hacerlo feliz.

En la secundaria, las cosas cambiaron. Otras chicas comenzaron a verlo con buenos ojos. Se estaba convirtiendo en un hombre; capturó la atención de otras personas con sus mechones rubios despeinados y sus ojos azules. Recuerdo la primera vez que subió en la escala social. Estaba sentada en nuestra mesa habitual, esperando que él llegara para poder cambiar e intercambiar el almuerzo que nuestros padres nos habían preparado ese día. Rodajas de manzana por zanahorias. Galletas con chispas de chocolate por las de pasas. Se había convertido en nuestro ritual diario. Lo vi entrar por las puertas de la cafetería y mi corazón inmediatamente comenzó a latir más rápido.

Siempre sucedía cuando Jake estaba cerca.

Lo vi caminar en mi dirección y sonreír cuando me vio. Estaba cerrando la distancia entre nosotros cuando Janice Walcott se interpuso en su camino, ella se interpuso en *nuestro* camino.

A partir de ese momento, nuestra mesa ya no era lo suficiente para él. Dejó de ser nuestra mesa. Era solo mía. Se sentaba con Janice y sus amigas. Eventualmente, los amigos de ella se convirtieron en sus amigos y mi Jake se convirtió en su Jacob. No fue hasta hace unos meses que volvió a acercarse a mí. El rumor era que Janice lo había engañado, por lo que terminaron. Los pasillos estaban tambaleándose con la noticia de que la pareja de estrella de Mills High se había separado. Los chicos estaban haciendo fila para invitar a Janice a salir, y las chicas nunca habían dejado de intentar meter sus garras en Jacob cuando Janice no estaba mirando.

—Hola. —Eso fue lo que me dijo después de reunirse conmigo en mi mesa nuevamente por primera vez en años, la primera vez que alguien más se había sentado en mi mesa. Eso fue todo lo que necesitaba que dijera para que volviéramos al lugar en el que estábamos antes de todo...antes de Janice.

Durante tres meses se sentó conmigo todos los días.

Hace tres semanas me pidió que fuera con él al baile de graduación.

Dije que sí.

————————

—Te ves tan bonita —dice mi madre en el momento en que me ve bajar las escaleras.

—Ay, mamá, dices eso porque me ves con amor —le digo cuando llego al último escalón.

—Es cierto, pero es verdad. Serás la chica más bonita del baile.

—Es un baile de graduación, mamá, no la historia de la Cenicienta —respondo, aunque bien podría ser una.

Todavía no puedo creer que Jake me haya invitado a ir. Ni siquiera en mis sueños un chico como él miraba en mi dirección, especialmente con todas las otras chicas locas por él. No puedo creer que me haya elegido a mí.

—¿A qué hora llega tu cita? —Me pregunta mi madre, la cámara ya cuelga de su cuello, lista para tomar fotos de su pequeña.

—Quedamos en encontrarnos allá —respondo. Su boca se abre con lo que sé que será una pregunta de seguimiento, y me preparo para dar una respuesta con la que no estará encantada.

—¿No es tradición que el chico pase por la chica o es que estoy pasada de moda?

Me encojo de hombros, no tengo idea qué responder.

—Todavía hacen eso, pero él tenía algo importante que hacer hoy, así que me pidió que lo encontrara allá. —Ella me mira con escepticismo, pero le aseguro—: Estará bien, mamá, voy a ir manejando.

—Puedo llevarte si quieres.

—Creo que eso puede ser peor que llegar sola. —Digo, riéndome cuando mi madre se une a mí al pie de las escaleras.

—¡Qué pena! No voy a tomar fotos de ustedes dos juntos.

Me paso los dedos por el pelo, asegurándome de cada mechón esté en el lugar perfecto.

—Me aseguraré de conseguirte una copia de la que nos tomemos cuando entremos.

—Está bien, pero mientras tanto, no dejaré que esta cámara se desperdicie. Adelante, dame algunas poses, Dimah.

Decido darle a mi madre lo que quiere y pretendo ser una modelo de pasarela. Hoy me siento bonita, segura de mi apariencia. Lo que tiene mucho sentido, porque cuando el chico más atractivo, un jugador de fútbol con un futuro prometedor, te pide que lo acompañes al baile de graduación, no puedes evitar que eso te suba el autoestima. La vieja versión mía, la envidia de todas las otras chicas.

Unas pocas docenas de fotografías después, le doy un beso de despedida a mi madre y me dirijo a mi auto. Las reglas son simples: no beber, no conducir si bebo y no tener relaciones sexuales. Pero todos sabemos lo que sucede en el baile de graduación, y si Jake pregunta, no estoy segura de que diré que no. ¿Quién podría decir que no a un hombre alto, musculoso y guapo con ojos azules y mechones rubios como los de Jake? Ciertamente nadie más lo haría. Entonces, ¿por qué debería hacerlo yo?

Conducir a Mills High me toma sólo unos minutos y después de estacionar mi auto en el estacionamiento, me miro por última vez en el espejo. Mirándome está la chica más común y corriente que jamás hayas visto: cabello castaño, ojos marrones, piel morena, nada especial. Pero supongo que debo tener algo especial para que un chico como Jake se fijara en mí, ¿no?

Vuelvo a pintarme la boca, abro la puerta y salgo.

1

YO TAMBIÉN ME HE PERDIDO MUCHAS VECES ANTES.

Cuatro meses después

—¿QUÉ HACE UNA CHICA BONITA COMO TÚ FUMANDO ESA mierda? —dice una voz detrás de mí. Pongo los ojos en blanco. Tal vez si lo ignoro, captará el mensaje y se irá.

—Sabes que no tienes que ignorarme, Emerson —continúa la voz. Tomo otra bocanada del porro que compré a uno de los chicos en el baile. Aguanto la respiración, aguanto el humo y espero hasta que no tenga más remedio que dejarlo salir.

—Esa mierda es mala para ti —insiste, interrumpiendo mi subidón.

Finalmente me dirijo al dueño de la voz de la razón, que pertenece al nuevo mariscal de campo del equipo de fútbol. Lincoln Aron Lincoln.

—¿Estás diciendo que no fumas?

—Ni loco —responde, disgustado.

Por supuesto que no. Quiero decir, el jugador estrella de fútbol, que festeja como ningún otro y es conocido por conseguir todo lo que quiera, no fuma. Que poético.

—Bien por ti. —Otra inhalación. Lo sostengo. Lo suelto.

—¿Por qué estás aquí afuera y no adentro? —dice, finalmente acercándose a mí.

—No me gusta bailar —respondo, esperando que vea que no estoy de humor para lo que sea qué es esto.

—Tiene que haber más que eso —presiona, a solo unos centímetros de mí ahora.

—¿Por qué estás aquí y no con el resto de tus fans? —Dejo que el sarcasmo gotee por mi lengua. No hay nada que me detenga de hablar esta noche, al menos no en este momento.

—A mí tampoco me gusta bailar —responde con expresión seria.

Me echo a reír.

—¡Ella sonríe! —dice él, riéndose conmigo.

La sonrisa abandona mi rostro casi de inmediato.

—No te acostumbres. —Nadie debería acostumbrarse a nada.

—Ni soñarlo —dice, levantando las manos, con las palmas hacia mí. La proverbial bandera blanca—. ¿Estás bien, Emerson?

Dejo caer el extremo del cigarrillo al piso y lo piso con el pie. Agachándome, lo recojo y lo tiro en el bote de basura más cercano.

—Sigues haciendo eso. Deberías detenerte —le digo.

—¿Sigo haciendo qué? —pregunta, levantando las cejas mientras se apoya contra la pared cercana.

—Sigues diciendo mi nombre como si me conocieras. Como si me hablaras todos los días.

—¿Y eso es un problema por qué...?

—Porque no me conoces en absoluto. —No mucha gente lo hace.

—¿Sería terrible empezar ahora? —pregunta.

—Sí. —Y eso es lo último que digo mientras me alejo de la puerta principal de la escuela y me dirijo hacia el estacionamiento. Me pongo el casco, monto mi motocicleta y giro la llave. El motor cobra vida con un rugido. Pateando la clavija, acelero y arranco, dejando atrás la noche. Ningún baile debería haber terminado así, pero esa es sólo mi suerte.

———

—¿Cómo estuvo el baile? —me pregunta mi madre mientras entro a la casa, lo suficientemente tarde como para hacerle creer que me quedé en el baile. Si no fuera por su insistencia, no habría ido; en su defensa, si supiera por lo que he pasado en los últimos meses, no me habría obligado a ir.

—Estuvo bien —respondo. Me digo a mí misma que estoy haciendo un buen trabajo manteniendo la fachada, pero mi madre debe estar viviendo debajo de una roca si no se da cuenta. Creo que ella lo atribuye a "descubrirme a mí misma", que es como justificó mi elección de una motocicleta en lugar de un automóvil. Cómo justificó mi decisión de irme todo el verano en lugar de quedarme en casa. Mi pérdida de peso. Vestirme toda de negro. Sí, aparentemente ella piensa que todo es normal.

—Bien, cariño. Me alegro de que te hayas divertido —responde, mirándome con ojos cansados.

Sé que ella ha estado trabajando en turnos tardíos en el hospital, ha estado de pie durante demasiado tiempo, trabajando hasta el punto de romperse. Pero también sé que ella ama su trabajo.

—Sí yo también. Sin embargo, estoy muy cansada, así que me voy a la cama —le digo.

—Hay algo de comida en la cocina si tienes hambre.

—Gracias, mamá.

—Te quiero.

—También te quiero —respondo antes de dar los pasos a mi habitación de dos en dos. Abro la puerta y luego la cierro detrás de mí. Me quito las botas y luego los jeans, me acuesto en la cama, mirando al techo mientras caen las lágrimas. Supongo que ya no puedo mantenerlas a raya. Supongo que nada ha cambiado, aunque todo ha cambiado.

BAILE DE GRADUACIÓN

CAMINO LA CORTA DISTANCIA A LA ENTRADA PRINCIPAL PARA EL *baile de graduación. Todos a mi alrededor se visten tan hermosamente y por una vez, siento que encajo. Por una vez, en los últimos dos miserables años de bachillerato, siento que voy a pasar un buen rato. Finalmente voy a hacer algunos amigos.*

Finalmente voy a tener mi primer beso.

Entro en el lugar con una sonrisa de oreja a oreja iluminando mi rostro, puedo sentir la felicidad brotando de cada poro. Jake dijo que me encontraría aquí. Echo un vistazo a mi teléfono, pero no encuentro mensajes de texto sin contestar.

No voy a preocuparme por eso; probablemente ya esté adentro.

Caminando junto a otras personas que se reían y conversaban sobre la universidad y los planes para después de la fiesta, me dirijo al fotógrafo para que me tomen mi foto, sola. Pero está bien; tal vez pueda tomarme una con Jake más tarde. Estoy segura de que mamá apreciaría tener una sola conmigo y una de nosotros dos de todos modos.

Jake y yo.

Jacob Hastings y Dimah Emerson.

Sonrío al oír que nuestros nombres finalmente unidos, como una pareja.

Con asombro de la belleza, entro en el salón decorado con esmero en la que el comité de graduación ha pasado semanas trabajando. Todo su estrés y frustración al hacer que este lugar se vea perfecto funcionó porque parece un sueño, lo cual es apropiado teniendo en cuenta el tema de la noche: Hacer realidad los sueños.

—Respira profundo —me susurro a mí misma mientras camino por la pista de baile, mirando a todas las parejas felices divirtiéndose. Sigo caminando, esperando encontrar a Jake. Esperando que comience mi noche. En la multitud, finalmente encuentro a mi caballero con una armadura brillante, vestido con un esmoquin negro tradicional con una camisa blanca y corbata negra. Su cabello es el equilibrio perfecto de desordenado y peinado. Puedo ver sus ojos azul bebé incluso desde esta distancia.

Sonriendo para mí misma, empiezo a caminar hacia él. Me ve, y una sonrisa despreocupada suaviza sus facciones.

De repente, las mariposas se agitan salvajemente en mi estómago, y me doy cuenta de que de eso están hechos los sueños. Esto es perfección. De esto es de lo que hablan los libros.

Puede que no sea Cenicienta, pero esta noche estoy empezando a sentir que finalmente voy a ser feliz para siempre.

2

Dimah es una palabra árabe que significa diluvio.
Desearía ser tan fuerte como el nombre que me puso mi
madre. Desearía ser responsable de un diluvio. En
cambio, me siento más cerca de ser una llovizna, casi
inaudible, sin causar ningún cambio. Apenas incluso
notable.

Todas las mañanas me levanto con la misma falta de
motivación. La misma falta de deseo de cambiarme e ir a
la escuela. En cambio, me despierto con la urgencia de
escapar, de huir, de esconderme. Sin embargo, no puedo
hacer eso. No lo haré. Soy la única aquí para mi madre y
no sé qué haría ella sin mí.

No quiero ser una carga, así que me levanto, me ducho,
me cepillo los dientes y luego miro mi armario abierto.
Azul, rosa, verde, amarillo: aparecen los colores de mi
ropa, pero los ignoro todos. En cambio, como de costumbre, opto por jeans negros rotos, botas de combate y una

sudadera negra. Un gorro negro cubre mi cabello castaño. Corriendo escaleras abajo, encuentro que mi madre ya se fue a trabajar.

Sobre la mesa, hay un plato de huevos y tostadas junto a una nota adhesiva que dice:

No me esperes hoy, turno de 18 horas.

Te quiero, Dimah.

-Mamá

TERMINO MI DESAYUNO, ME SUBO A MI MOTOCICLETA Y VOY a la escuela. Solo tres meses hasta las vacaciones de invierno; nueve hasta la graduación. Entonces, tendré un nuevo comienzo. Un nuevo lugar. Todo quedara atrás y será como si el bachillerato nunca hubiera pasado, como si ese día nunca hubiera pasado.

Estaciono mi motocicleta en el lugar habitual, me quito el casco y lo cuelgo a un lado. Miro el lugar que inicialmente pensé cambiaría mi vida para mejor, dándome cuenta nuevamente de lo equivocada que estaba. Respirando profundamente, camino con la cabeza gacha, los ojos en los pies y los auriculares en los oídos. La música ayuda a ahogar los recuerdos que vuelven a mí en un instante cuando pongo un pie con determinación frente al siguiente. Entro en el pasillo principal, con los ojos aún bajos, y sólo miro hacia arriba cuando noto que estoy a punto de tropezarme con alguien. Al levantar la vista, veo que es el mismo tipo que me vio afuera ayer, el mismo tipo que casi me vio desmoronarme. Mis ojos se demoran más de lo debido, el tiempo suficiente para que me dedique una sonrisa.

—Hola —me saluda.

Lo estudio, preguntándome qué está pasando por su mente, preguntándome cuál es su repentino interés en hablar conmigo. Se transfirió aquí a fines del año pasado, pero ni una sola vez me dijo hola, ni una sola vez me dio la hora del día, ni siquiera una sonrisa. Entonces, ¿por qué ahora?

—Cualquier apuesta que hayas hecho, ya perdiste —le respondo, mi voz lo suficientemente baja como para que sólo él la escuche. No voy a hacer esto. Tomo el lado derecho del pasillo y me alejo. Cuando siento ojos en mi espalda, me giro brevemente para encontrarlo mirándome. No sé cuál sea el trato, pero estoy harta de ser el blanco de las burlas. Desearía que la gente me dejara desvanecerme en las sombras, el lugar al que pertenezco.

———

—¿Hey, Dim, por qué estás tan triste? —alguien pregunta. No es sorprendente que no les importe escuchar mi respuesta.

—Quiero decir, solo porque el tipo lo intentó y te dejó no significa que debas estar enojada —agrega otro tipo, las voces fundiéndose en el ruido de fondo.

—Hombre, ella realmente cambió durante el verano —murmura una chica de mi clase de biología mientras camino. Haciendo caso omiso de ella, me dirijo hacia mi mesa habitual en la cafetería, la más cercana al bote de basura, donde nadie se sienta excepto yo. Ser marginada nunca ha sido mejor.

—Puede que se esté escondiendo debajo de todo eso negro, pero sigue siendo la misma niña que era el año pasado —agrega otra voz.

—Puta —susurra una de las secuaces de Janice.

No es el insulto más inusual que he escuchado en los últimos meses. Ni siquiera cerca de lo peor, tampoco.

—En serio, increíble —dice Janice, maldita Janice, desde la mesa de los populares. Mis dedos tiemblan a mi lado, mis manos desesperadas por conseguir un pedazo de ella. Mi cuerpo desesperado por defenderme.

Dimah.

Diluvio.

Desearía poder aprovechar esa fuerza y finalmente tener el coraje de defenderme.

En cambio, me encojo como siempre. Con la cabeza baja y la bandeja en la mano, camino hacia mi mesa y me siento. Miro mi calendario, contando los días; contando hasta el fin de semana.

El descanso.

Al fin.

Los sueños se hacen realidad

—Hola, hermosa —dice Jacob.

Juro que suspiro audiblemente, admirando lo guapo que es.

—Hola —respondo con timidez. *Su mano se posa en la parte baja de mi espalda, y pequeñas descargas de electricidad me golpean en oleadas, dejando la piel de gallina en mis brazos. No puedo creer que esto esté sucediendo.*

—Te ves preciosa —susurra en mi oído.

—Y tú te ves guapísimo —le digo honestamente.

—Gracias por venir esta noche.

—Gracias por invitarme. Este es tu baile de graduación después de todo. No esperaba que trajeras a alguien más joven contigo.

No esperaba que él quisiera traerme, es lo que quiero decir.

—No eres sólo alguien más joven. Eres mi Dim —dice, y así como así, ha vuelto a ser el chico con el que crecí. Recuerdo cómo acuñó el apodo y cómo cuando otras personas lo dijeron, sentí que se estaban burlando de mí, pero cuando Jacob lo dijo, se sintió entrañable.

Él mete un mechón de cabello detrás de mí oreja, su mano aún en la parte baja de mi espalda mientras sus labios se acercan a los míos. Mi pulso aumenta en respuesta a su cercanía, ante la idea de que sus labios finalmente toquen los míos. Estoy un poco decepcionada cuando esos labios carnosos se alejan, pero los hormigueos se restauran cuando se acercan a mi oído.

—¿Quieres salir de aquí? —susurra.

—Acabamos de llegar. —*Bueno, al menos yo acabo de llegar. Tal vez él ha estado aquí por un rato.*

—Lo sé, pero puedo pensar en un lugar donde podríamos divertirnos más —responde.

Sé que debería decir que no. Debería quedarme aquí, donde le dije a mi madre que estaría. No soy ingenua. Sé lo que significa un baile de graduación.

—¿Tú crees? —*Me sonríe, y toda razón abandona mi cuerpo, reemplazada por la idea de ir a algún lugar con este hombre guapo, que tiene sus labios sobre los míos.*

—Por supuesto que sí —dice, agarrando mis manos.

Él comienza a caminar, tirando de mí para que vaya con él. Miro hacia atrás, observando la bella decoración, el baile, la risa. Ojalá pudiéramos quedarnos un poco más.

Pero luego miro hacia adelante, veo a Jacob prometiéndome el mundo con su sonrisa, y mi deseo de quedarme se desvanece.

3

A DIFERENCIA DE TI, PERDER LA PALMA DE MIS MANOS POR
EL BRILLO DEL SOL SIGNIFICABA QUE LA TIERRA DEJÓ DE
GIRAR ALREDEDOR DE MIS MUSLOS.

SUENA LA CAMPANA FINAL, QUE MARCA EL FINAL DE OTRO día sin incidentes. Mientras camino por los pasillos, escucho los mismos insultos de siempre. Los mismos que escucho todos los días. Sin embargo, hoy es diferente en un sentido. Es peor.

De hecho, me insultan en mi cara en lugar de hacerlo a mis espaldas. Me derriban verbalmente y me hacen pedazos. Trato de enmascarar cuánto me duele eso.

Creo que fallo.

—Deberías comenzar a defenderte a ti misma —dice una voz, sorprendiéndome mientras vuelvo a poner mis libros en mi casillero, dejando fuera los que necesito llevar a casa.

—Y tú no deberías meterte en lo que no te importa —replico.

—Es curioso cómo puedes gritarme sin ningún motivo, pero no puedes decirles a otras personas que te dejen en paz —responde.

Cierro mi casillero.

—La mayoría de las personas simplemente dicen cosas sobre mí a mis espaldas. Tú eres el que me persigue cara a cara. —Alargo mi paso, dirigiéndome hacia la salida.

—No lo llamaría acosador —me grita—. Estoy cansado de verte así.

Mis pasos vacilan y me giro para mirarlo, el tipo que me está llamando por mi mierda.

—¿Cansado de verme como qué, acaso sabes quién soy yo?

—Dimah Emerson. Último año. Motociclista, siempre vistes de negro, escuchas a Taylor Swift.

—¿Cómo sabes que…?

—¿Qué escuchas a Taylor Swift? —dice, levantando las cejas en desafío.

Hago un ruido de disgusto en el fondo de mi garganta y me vuelvo hacia la puerta, pero su mano sale disparada, sosteniéndome en su lugar. Lo miro; me mira, esperando.

—Sí —suspiro, rodando los ojos.

—Seguro que te vuelves loca con sus canciones; puedo escucharlo a través de tus auriculares todas las mañanas cuando estacionas tu motocicleta al lado de mi auto.

—Eso no es...

—Es verdad. Simplemente no puedes saberlo porque siempre estás caminando con la cabeza gacha. Puede que no me conozcas, pero definitivamente sé un poco sobre ti.

—Aron Lincoln —contrarresto, dejándolo sin palabras—. El mariscal de campo de fútbol. Buenas calificaciones. Las chicas quieren estar contigo, los chicos quieren ser tus amigos.

—Entonces, tú también sabes sobre mí —dice con una sonrisa.

—Lo suficiente como para saber que no quiero hablar contigo. Y estoy segura de que no necesito tu consejo. —Saco mi brazo de su agarre, me abro paso por la puerta y me dirijo hacia mi motocicleta. ¿Por qué le importa? Sé la respuesta: A él no le importa. A nadie le importa.

Y si es demasiado bueno para ser verdad, generalmente no lo es.

Ojalá lo hubiera aprendido hace un tiempo.

Primer beso

—¿*Entonces a dónde vamos?* —*pregunto, llena de curiosidad mientras salimos para enfrentar el fresco de la noche. Es mayo, así que al menos el frío no arruina nada, simplemente nos envuelve con una brisa agradable.*

—*En este momento, iremos al auto* —*dice, totalmente a gusto.*

Me aferro a cada una de sus palabras. Jacob, Jake Hastings

—*Está bien.* —*Eso es todo lo que puedo decir de todos modos: solo soy un cachorro enfermo de amor que sigue el ejemplo del chico cuya atención he estado ansiando desde el momento en que desapareció por primera vez. El chico que hace que mi corazón lata tan erráticamente. Conducimos en silencio mientras lo miro desde el asiento del pasajero. Los semáforos que pasamos se reflejan en el cristal, y cuanto más nos alejamos de la escuela, más ansiosa me siento.*

Finalmente, el auto se detiene en un hotel en las afueras de la ciudad. Jake sale trotando para abrirme la puerta del pasajero. Me sonrojo, complacida; definitivamente sabe cómo tratar a una mujer. Fue criado correctamente, y me alegro de que no haya cambiado mucho. A pesar de los años que han pasado, a pesar de cuánto tiempo estuvimos separados, él sigue siendo el mismo.

—*Lo siento, no pude encontrar un lugar mejor para nosotros* —*dice tímidamente, señalando hacia el edificio.*

—*Está bien. Esto es perfecto* —*le aseguro. El hecho de que haya tratado de hacer esto especial es suficiente para mí.*

—*Te mereces algo mejor* —*dice, acercándose.*

Mi espalda golpea la puerta del auto. Se me corta la respiración. Entonces, Jake coloca un suave y dulce beso en mi mejilla, y de inmediato me pierdo en el enjambre de sentimientos. Mi primer beso, con mi primer enamoramiento. No sé cuántas personas pueden decir eso.

—Gracias —respondo estúpidamente después de que él se aleja.

—No me lo agradezcas todavía —me dice. Una sonrisa se apodera de su rostro mientras entrelaza nuestros dedos y me empuja en dirección a la entrada del hotel. Entramos en el vestíbulo, donde doy un paso atrás, esperando que se dirija al mostrador—. Estamos bien. Yo tengo las llaves; vine a arreglar esto antes.

Mi corazón se hincha. Él planeó esto con anticipación, para nosotros. Estaba pensando en mí. Esto no fue solo un impulso del momento. Me imagino caminando a una habitación de hotel con rosas, velas, música romántica sonando...

Como un cuento de hadas.

4

PERDERME, PARA MÍ SIGNIFICABA QUE LAS ESTRELLAS
DEJARON DE BRILLAR EN LA OSCURIDAD DE MI PIEL.

LA CONVERSACIÓN ES UN POCO DIFERENTE EN EL VESTIDOR de las chicas. Es un poco más específico, un poco más cruel. Aunque no para todos. Sólo para mí. Pero es la última clase que tengo hoy, así que voy a aguantar. Me pongo mi ropa de gimnasia y salgo del vestuario.

Me siento en las gradas, esperando que los maestros den instrucciones. A la espera de terminar este día.

—Está bien, hoy jugaremos al quemado. Todavía no puedo creer que algunas escuelas hayan prohibido este hermoso deporte —dice Walker.

—Bajen y hagan estiramientos —agrega la otra maestra, la señora Tillman. Dejo mi asiento en las gradas y tomo un lugar en el suelo, lo suficientemente lejos de los demás como para tener mi propio espacio. La señora Tillman nos forza a hacer algunos estiramientos antes de ordenarles a todos que hagan diez flexiones. Estoy en la novena cuando la puerta del gimnasio se abre y la sala comienza a zumbar; termino el set y luego me siento para encontrar a Aron Lincoln hablando con los maestros. Por supuesto, todo el mundo está prácticamente vibrando con anticipación, su mera presencia los tiene a todos mirando. Vuelvo a estirar, primero trabajando mis piernas y luego mis brazos mientras la señora Tillman y el señor Walker hablan con Aron.

—Bien clase, el señor Lincoln se unirá a nosotros este semestre —dice el señor Walker en voz alta.

Sorprendentemente, todos gritan y aplauden en respuesta, *literalmente* aplauden por él.

—Tienes que estar bromeando —murmuro para mí misma.

—Levántense y diríjanse a la pared —ordena la señora Tillman—. Los vamos a dividir en dos equipos.

Todos obedecemos, caminando hacia las paredes a diferentes velocidades.

Llego a la pared, asegurándome de estar separada de todos los demás. No es que les importe estar lejos de mí, de todos modos. Mientras cruzo los brazos y espero el inevitable sistema de números, la señora Tillman comienza a hablar—: En realidad, hoy vamos a tener dos capitanes. Entonces Janice y Aron, cada uno de ustedes encabezará un equipo. Empecemos.

Inclino mi cabeza hacia atrás contra la pared, esperando que ocurra lo inevitable.

Janice va primero, eligiendo a uno de los muchachos del equipo de fútbol. Gran sorpresa allí, estoy segura de que, si no fuera porque Aron es el otro capitán, ella lo habría elegido. Espero a que Aron elija, desinteresada en el proceso y lista para terminar con esta clase.

—Emerson —dice Aron, señalándome. Juro que la gente jadea, en serio jodidamente jadean, ante la mención de mi nombre. Estoy demasiado aturdida para moverme, así que solo me quedo allí mirando, esperando ver si cometió un error. Él solo sonríe, así que comienzo a caminar lentamente hacia él, mis pasos cautelosos. Ser elegida a lo último generalmente significa que nadie me notaría en absoluto, pero ser elegida de primera, especialmente por él, le da al alumnado demasiado para pensar.

¿Por qué elegiría a la patética chica gótica, el hazmerreír de la escuela?

¿No sabe cómo funciona el mundo?

La sonrisa aún no ha desaparecido de su rostro, incluso cuando Janice elige a la siguiente persona para su equipo. Cuando Aron toma su turno, su mirada se queda en mí hasta que estoy parada detrás de él, escondiéndome detrás de su cuerpo. No sé cuál es su plan. No sé cuáles son sus intenciones, pero no pueden ser buenas. Nunca lo son.

Una vez que se eligen los equipos, nos dirigimos a lados opuestos del gimnasio, observando a los maestros alinear el centro de la cancha con los balones.

Jugar al quemado, resulta hasta terapéutico. Es la única vez que puedo canalizar toda mi ira hacia tirar cosas a personas que no me gustan, personas que no me quieren. Es uno de los únicos deportes en los que sobresalgo, probablemente porque me ofrece una salida. Suena el silbato y comienza el juego. Agarro una pelota roja que rueda hacia mí, y con todas mis fuerzas, la tiro al otro lado, eliminando a una de las secuaces de Janice con un golpe en la pierna.

Salto, esquivo, giro y evito que me arrojen pelotas. El juego continúa hasta que hay tres jugadores en mi lado de la cancha y cuatro en el otro lado. Por el rabillo del ojo, veo que Aron toma una pelota y la arroja directamente al estómago de uno de los jugadores, eliminándolo del juego. Pronto estamos sólo Aron y yo de nuestro lado, Janice, Everett y otro imbécil, del otro.

Las pelotas comienzan a volar de un lado a otro de la cancha cuando la gente grita alentando. Agarro una de las pelotas; Aron agarra la otra. Ambos las lanzamos al mismo tiempo, alcanzando nuestros objetivos en el otro lado. Su bola termina golpeando a Everett a medio salto, haciéndole tropezar. Mi bola se precipita por el aire, golpeando a Janice en la cara. Ella grita.

—¡Esa perra hizo eso a propósito! —se queja, corriendo hacia donde está la señora Tillman.

—¡Si ella lo hizo! —una de sus secuaces grita.

—¡Pensé que golpear a alguien en la cara no estaba permitido! —Janice agrega

¿Cuánto podría haberla lastimado de todos modos? Jódete.

—No lo es —retumba la voz del señor Walker—. Señorita Emerson, ¿hiciste eso a propósito?

Me pregunta. Estoy a punto de responder cuando siento a Aron a mi lado.

—No lo fue. —Tres palabras. Eso es todo lo que se necesita, y el señor Walker asiente en respuesta.

—Todavía no tenemos un equipo ganador. Janice, puedes volver a la cancha contra Aron. Dimah, estás fuera del juego. Veamos qué equipo gana —dice Walker.

Odio que me esté castigando de todos modos. Fue un error, no uno del que me arrepienta, sino un error de todos modos.

—Bien puede declararla ganadora —dice Aron, todavía de pie junto a mí.

—Podemos repetir el punto. —El tono de Janice ha cambiado de quejarse a coqueteo. Estoy segura de que todos en el gimnasio pueden decirlo.

—Hagámoslo de nuevo —instruye el señor Walker—. Que sea justo.

Me acerco a las gradas, observando a Janice tomar su posición frente a Aron. El silbato resuena por la habitación; Janice corre para agarrar una pelota, pero Aron se queda en su lugar. Ella lanza una pelota al aire que él podría haber esquivado fácilmente, pero él saca la palma de la mano para dejar que la pelota lo golpee.

—El equipo de Janice gana —declara Tillman. La mitad de los estudiantes estallan en aplausos, mientras que la otra mitad está claramente confundida sobre lo que sucedió. No me tomo el tiempo para cuestionarlo; Solo entro al vestidor.

Sola en la ducha, espero a que salga el agua caliente, ansiosa por lavar el sudor del día. Será uno de esos en que esperaré a que todos los demás se vayan, puedo decirlo. Me lavo el cabello con champú, lo más posible. ¿A quién le importa si termino saliendo veinte minutos después de la campana? Prefiero evitar el drama de todos modos.

Habitación de hotel

Definitivamente no es como lo imaginé. Cuando entramos en la habitación, no hay velas.

Sin música romántica, tampoco pétalos de flores en la cama.

Es sólo una habitación. Sólo una cama.

Sólo la iluminación regular, de ninguna manera como imaginé que sería mi primera vez.

Pero cuando miro al tipo que cierra la puerta, me doy cuenta de que no me importa el cuento de hadas perfecto mientras tenga a mi príncipe.

—Hola —dice, dando unos cuantos pasos hacia mí.

—Hola —respondo.

—He estado esperando esto por mucho tiempo —dice, sus ojos depredadores.

—Yo también. —Y lo he hecho. Años, en realidad. Ese es el tiempo que he esperado por un primer beso. Cierra la distancia rápidamente y sus labios chocan con los míos. Pero este beso no es como el que me dio antes, este es más controlador, más desesperado. Casi áspero.

—Espera —le digo—. Nos estamos moviendo demasiado rápido.

—¿Esperar para qué? —pregunta, su mano yendo a mi espalda, bajando la cremallera de mi vestido.

—¿No deberíamos tomar esto con calma? —Estoy cada vez más nerviosa.

—¿En serio? ¿Has estado esperando esto por un largo tiempo y ahora quieres tomarlo con calma? —me acusa, obviamente frustrado.

Me detengo, considerando sus palabras.

—Tienes razón —susurro. No puedo retroceder ahora. Entré en esta habitación de hotel con él, después de todo.

Tirando de mí hacia él, dice—: Ven aquí.

—¿A DÓNDE VAS? —PREGUNTO, DESPUÉS DE QUE TERMINA. *Acerco las sábanas, protegiendo mi cuerpo de sus ojos.*

—¿Crees que me quedaré aquí? —escupe de vuelta, su tono tan diferente al Jacob que pensé que sabía, nada parecido al Jacob que me pidió que fuera al baile de graduación con él.

Siento que mi corazón ha sido sacado de mi pecho y despedazado, como mi vestido.

—¿No te vas a quedar?

—No —dice con frialdad. Luego sale de la habitación.

5

SALGO DE LA DUCHA CUANDO ME DOY CUENTA DE QUE todos se han ido. Agarro mi toalla y camino hacia el área para vestirme, donde están los casilleros, y encuentro que el mío ya está abierto. Me acerco y veo que, aunque mi mochila todavía está allí, mi ropa se ha ido. Corro de regreso a la ducha. Mi ropa de gimnasia tampoco está.

Mierda. ¿En serio?

Debería haberlo sabido. Quiero decir, la golpeé en la cara con una pelota.

Golpeé a la chica que se burló de mí como su nueva obsesión. Debería haber esperado represalias.

Aunque, en realidad, no son *represalias*. Es más como seguir hostigándome, y sinceramente, no creo que un millón de pelotas en la cara se acerquen a ponernos en igualdad de condiciones.

¿Qué debo hacer? No tengo ropa en mi casillero del gimnasio, e incluso mi ropa sucia del gimnasio se ha ido. Sin embargo, mi teléfono sigue siendo una opción; podría llamar a mamá y hacer que me recoja, pero ¿cómo le explico la repentina ausencia de mi ropa? ¿Cómo le explico el infierno en el que he estado viviendo durante los últimos meses? No debería hacer que se preocupe por algo sobre lo que no tiene control.

Miro a mi alrededor, buscando cualquier cosa que pueda usar para cubrirme, porque literalmente estoy usando una toalla en este momento. Afortunadamente, todavía tengo una manera de llegar a casa, mi motocicleta, pero una toalla definitivamente no va a funcionar.

¡Espera, mi casillero de la escuela! ¿Tal vez tengo un suéter o algo allí? Recuerdo haber dejado la ropa allí antes; simplemente iré a mi casillero y lo comprobaré.

Si la Señora Tillman todavía estuviera aquí, probable-mente podría buscarme algo en la caja de objetos perdidos y traérmelo para que me lo ponga, pero, como de costumbre, se va tan pronto como la mayoría de las chicas salen del vestidor. Ella sabe que me gusta demo-rarme, y aunque generalmente me gusta que me dé el espacio, en serio desearía que no me hubiera dado el espacio hoy.

Salgo de puntillas del vestuario y empiezo a caminar hacia la puerta que conduce al pasillo.

—Creo que esta clase de gimnasia funciona de manera un poco diferente.

Me congelo a medio paso. *Mierda. ¿Aron todavía está aquí?* Agarrando mi toalla un poco más fuerte, me giro para mirarlo.

—¿Por qué sigues aquí? —Pregunto, resignada al hecho de que estoy parada en medio del gimnasio con nada más que una toalla envuelta alrededor de mí.

—Quería asegurarme de que estabas bien —dice, como si realmente se preocupara por mi bienestar.

—¿Por qué crees que no iba a estarlo? —Pregunto con cautela.

¿Él tiene algo que ver con esto?

—Escucho lo que dicen de ti —comienza.

Me doy la vuelta para alejarme de él. No necesito una recapitulación de lo que se dice sobre mí, lo que la gente piensa de mí... lo que probablemente piensa de mí.

—Bueno, la golpeaste en la cara con la pelota, así que pensé que intentaría vengarse de alguna manera. Solo quería asegurarme de que estabas bien —dice.

Lo juro, casi le creo.

—¿Por qué de repente te importa lo que me pase? —También podría exponerlo, ya que eso es realmente lo que estoy pensando.

Respira hondo y lo expulsa.

—Porque lo que están haciendo no está bien. Lo que *les dejas* hacer no está bien...

—¿Qué *les dejo* hacerme? —Escupo de vuelta—. ¿Crees que dejé que se llevaran toda mi ropa, así que tengo que ingeniármelas para ver qué ponerme para irme a casa? ¿Crees que quería esto?—

¡El descaro de él de creer que esta es mi elección, que siempre he querido *algo* de esto!

—Sí —dice con absoluta certeza. Cuando me burlo, él continúa—. Los dejas porque no te defiendes para detenerlo.

—No puedo hacer esto ahora mismo. No lo haré. —Me doy la vuelta y salgo por la puerta.

Aron trota detrás de mí.

—No deberías estar aquí así.

—No tengo muchas opciones —le digo.

—Solo regresa al vestidor. Mira, tengo una camiseta y unos pantalones que puedo prestarte.

Quiero decirle que no, rechazar su oferta, pero caminar por la escuela con una toalla no es la mejor opción.

—Gracias —murmuro, girándome para caminar de regreso al vestidor.

Un minuto después, Aron entra con pantalones de chándal y una camiseta, su camiseta. Me los entrega.

—Toma, te espero afuera —dice, saliendo.

No me doy la oportunidad de cuestionar sus motivos. En cambio, entro en los vestidores y me pongo los pantalones de chándal, enrollando la cintura varias veces para que no se caigan de mis caderas. Es una locura que me hagan sentir tan pequeña. Luego tomo la camiseta, con el número veintiuno en la parte posterior, justo debajo de su apellido. Lincoln.

La mayoría de las chicas de esta escuela morirían por usar la camiseta de un chico, pero yo no. Me alegro de no tener que caminar desnuda.

Mis zapatos también se han ido, por supuesto. Supongo que cuando hacen algo, lo hacen bien. Me sorprende que hayan dejado mi mochila; supongo que los libros no son tan importantes para ellas.

Sin embargo, son importantes para mí.

Cuelgo mi toalla dentro de mi casillero. Cerrándolo esta vez, tiro mi bolso sobre mi hombro y salgo. Aron está sentado en las gradas, mirando su teléfono. Toso para llamar su atención. Todavía me parece extraño que espere para asegurarse de que estoy bien, pero, aunque definitivamente soy escéptica, también estoy agradecida por su ayuda.

—Lo siento —dice, poniendo su teléfono en el bolsillo—. No me di cuenta de que habías salido.

Meneo los dedos de los pies.

—Sin zapatos, no hay ruido.

—Son personas malvadas —dice, exasperado.

—Supongo.

—Son abusadores. No puedo creer la mierda con la que se salen con la suya.

Dice esto como si él no se saliera con la suya.

—¿Como si no te salieras con la tuya porque eres un jugador de fútbol? Las animadoras están prácticamente cortadas de la misma tela. —Bueno, tal vez no sea lo mismo, pero se parece.

—No me atrevería a hacer algo tan cruel.

—¿Estás diciendo que nunca le jugaste una broma a un amigo escondiendo su ropa?

—No te están jugando una broma y no son tus amigos —responde, y me pregunto cuánto sabe. Cuánta gente le ha dicho, y cuánto de eso es la verdad real.

—Tomaré eso como un sí —afirmo, ignorando la dolorosa verdad en sus comentarios: ya sé que no son mis amigos y esto no es una broma. No tiene sentido predicar al coro.

—Tal vez una vez —dice con una sonrisa despreocupada—. Pero nos aseguramos de que tuviera ropa para cuando se fuera.

—Gracias de nuevo por hacer esto —le digo, tirando de su camiseta.

—En cualquier momento. Te queda bien, Emerson —dice, y no puedo evitar reírme.

—Sí claro. De todos modos, debería irme.

—Tú manejas una motocicleta —me dice.

Lo miro, tratando de averiguar qué punto está tratando de hacer. Ya me ha dicho que sabe que monto en motocicleta. Me ha visto montarla antes, y aparentemente me estaciono a su lado todos los días.

—Sí —respondo.

—Quiero decir, no puedes andar en eso sin zapatos.

Mierda. Probablemente esa no sea la idea más segura, pero ¿qué otra opción hay?

—Lo solucionaré.

—No tienes que hacerlo. Puedo llevarte a tu casa —dice, siguiéndome hacia la salida.

—Estoy bien, de verdad. Ya has hecho suficiente. —No sé de dónde viene toda esta amabilidad, pero no confío en él.

—No me importa.

—Puedo manejar descalza.

—Eso no es lo más seguro —regaña suavemente—. Déjame llevarte. Prometo que no intentaré nada.

Termina con una pequeña carcajada. Sé que está bromeando, pero no puede hacerme reír. No a esto.

—Estoy bien. —Finalmente llegamos a las puertas y salimos de la escuela. El estacionamiento está desierto, con la excepción de algunos autos en el estacionamiento asignado para los maestros, su auto y mi motocicleta. No hay ningún programa después de la escuela los jueves. No hay reuniones de clubes, no hay prácticas.

—Lo siento si eso salió raro —dice de repente—. No pretendo asustarte. Simplemente no creo que sea seguro para ti andar descalza. Por favor, déjame llevarte. Si te hace sentir más segura, puedes conducir.

Puedo ver en sus ojos que está siendo genuino, pero de nuevo, dejé de confiar en mi capacidad de percibir las cosas con precisión hace mucho tiempo.

—¿Me vas a dejar conducir? —Pregunto. Ni siquiera me conoce, de todos modos, no muy bien. Sin embargo, aquí está, esperando que le diga si puedo conducir a casa en su automóvil. Una parte de mí desea poder aceptar su amabilidad y tomarlo así, pero otra parte de mí lo sabe mejor.

—Si eso te hace sentir más a gusto, sí, puedes conducir. Incluso puedo sentarme atrás y puedes fingir que eres mi chofer —dice con una sonrisa tranquila.

Llegamos a nuestros lugares de estacionamiento.

—Está bien —finalmente me rindo.

—Está bien —dice, entregándome las llaves de su Wrangler.

—Debes confiar mucho y estar tranquilo para dejarme conducir tu auto. ¿Cómo sabes que puedo manejar?

—Andas en una moto. También rezo por que hayas aprendido a conducir un automóvil. Aun así, estoy dispuesto a correr el riesgo —dice, abriendo la puerta del lado del conductor. Me entristece darme cuenta de que el gesto no tiene el mismo efecto en mí como solía hacerlo. Agarro la puerta y entro, cerrándola inmediatamente después. Corre hacia el lado del pasajero.

—¿Entonces, quieres que me siente atrás o delante?

—¿Hablas en serio con todo esto?

—Sí, lo que sea que te haga sentir más cómoda.

—Adelante está bien —le digo. Estoy conduciendo, técnicamente, todavía tengo el control.

—¿Estás segura?

—Sí —respondo. Él entra y se pone el cinturón de seguridad. Arranco el auto, lo pongo en reversa y comienzo a retroceder fuera del lugar de estacionamiento.

Conducimos en silencio durante unos minutos antes de que Aron vuelva a hablar.

—¿Entonces, fumas a menudo?

No puedo creer que esta sea la pregunta que decide hacer ahora. Lo miro de reojo.

—Realmente no. Sólo ese día.

—¿Una cosa de una sola vez?

—Sí.

—¿Mal día? —pregunta. Puedo escuchar la preocupación en su voz, una preocupación que no entiendo del todo.

—Algo así —le digo. En realidad, es más como si mi madre esperara que volviera a casa y me presenté pensando que podía hacerlo, pensando que el pasado era el pasado y que podía dejarlo pasar. Pero en el momento en que entré en el salón, los lobos encontraron a su presa y vinieron por mí. Los susurros continuaron, y una vez más fui el hazmerreír de todos. Como antes, como siempre. No pude pararme allí. Ya no podría estar allí.

—¿Usas drogas como una manera de soportar todo esto?

—Supongo que sí.

—Esa no es una buena idea. Así es como comienzan las adicciones y realmente no ayudan.

—Suenas como alguien con experiencia de primera mano.

—Algo así —dice, haciéndose eco de mis palabras anteriores.

—Pensé que habías dicho que no fumas.

—Yo no. Ya no. Tú tampoco deberías.

—No hay necesidad de preocuparse. No es que vaya a volver a hacerlo. —No hay manera que lo haga otra vez. Me hizo sentir desorientada y perdida, como si no tuviera control de mí misma. Mareada y desesperada, realmente sentí toda la presión y la ansiedad que generalmente presiono tan profundamente. Nunca quiero experimentar eso de nuevo.

—Bien —dice, mirándome.

—¿Siempre eres tan amable con la gente? —pregunto, ansiosa por saber si todavía hay buenas personas por ahí.

—Únicamente con aquellos que lo merecen. —Por alguna razón, siento que hay algo oculto en lo profundo de él, un hilo que quiere conectarnos; no importa, porque me niego a dejarlo—. ¿Puedo poner algo de música?

—Es tu auto —le recuerdo.

—Cierto —dice, jugando con la radio.

Doy otra vuelta, acercándome cada vez más a casa, a mi refugio seguro. De repente, Taylor Swift comienza a tocar en voz alta. Me echo a reír.

—Pensé que disfrutarías eso —dice con una sonrisa.

—No esperaba que estuviera en tu lista de reproducción instantánea.

—Te dije que podía escucharlo sonar desde tus auriculares. Estaba intrigado.

—¿Tan intrigado que descargaste las canciones e hiciste una lista?

—¿Qué puedo decir? Cuando algo me intriga, no se me sale de la cabeza.

Hemos escuchado la mayoría de las canciones del último álbum de Taylor cuando llego a mi calle y me estaciono frente a mi casa.

—Gracias de nuevo. Por todo.

—No tienes que agradecerme. Solo... —Hace una pausa, luego suspira—. Sólo piensa en finalmente defenderte.

—Lo pensaré —respondo, desabrochándome el cinturón de seguridad y abriendo la puerta. Doy la vuelta al frente del auto y Aron me encuentra allí.

—Me acabo de dar cuenta de algo —dice.

Un miedo profundamente arraigado surge en la superficie de mi mente.

—¿Qué?

—Dejaste tu motocicleta en la escuela.

—Sí —afirmo lentamente.

—Significa que no tienes una manera de llegar a la escuela mañana.

Mierda. Es verdad.

—Tomaré el autobús —le digo. No lo he hecho en mucho tiempo, porque tomar el autobús me somete a más acoso, pero puedo aguantarlo por un día.

—No seas loca, te recojo mañana.

—Estoy segura de que tienes mejores cosas que hacer —le digo.

—¿A las siete y media de la mañana? No, nada mejor. Yo tampoco vivo muy lejos de aquí, en realidad. Puedo estar afuera de tu puerta a las 7:35.

—No tienes que hacerlo.

—Lo sé. No tengo que hacer nada, pero lo haré. Así que nos vemos mañana, temprano y puntual —dice con una sonrisa mientras camina el resto del camino hacia la puerta de su auto.

Me subo a la acera; él entra a su auto y me dice adiós. Mientras veo que el auto se aleja, trato de averiguar qué hacer con esto, qué hacer con él.

6

PERO PARA TI, PERDERME FUE COMO TOMAR TÉ SIN MIEL.

A LAS SIETE EN PUNTO, SUENA MI ALARMA. ME MUEVO Y giro en la cama, sin querer levantarme. Anoche, apenas pude dormir; pasé la noche con mis pensamientos perdidos en algún lugar entre el pasado y el presente. Pensé en lo que he pasado y en lo que ha cambiado. También pasé más tiempo del que me gustaría admitir pensando en Aron Lincoln.

No puedo entender su plan, o el juego que está jugando. La alarma suena nuevamente, recordándome que es hora de enfrentar la música una vez más. Levantándome, sigo mi rutina normal, preparándome para la escuela, antes de bajar corriendo para sacar los pantalones de chándal y la camiseta de Aron de la secadora.

Me dirijo a la cocina para encontrar a mi madre sentada en la mesa del comedorcito que tenemos en la cocina.

—Hola, cariño —dice con una sonrisa cansada.

—Hola, mamá.

—Toma, siéntate y desayuna —dice ella, levantándose de su silla para entregarme un vaso de jugo de naranja, y simultáneamente coloca un plato de panqueques frente a mí.

—Gracias. ¿Has dormido algo? —pregunto para continuar la conversación; ya sé cuál es la respuesta.

—Todavía no lo he hecho, pero lo haré en unos minutos, pero quería verte. Siento que ya no te veo tan seguido —me dice, sus manos acunando mi rostro.

Ella está en lo correcto. No nos vemos mucho ya que ella trabaja turnos tan locos. Sin embargo, es apropiado, ya que siento que tampoco me veo con tanta frecuencia, solo me vislumbro de vez en cuando. Tomo un bocado de panqueque.

—Yo también te extrañé, mamá.

—Te quiero, Dimah.

—Lo sé. Yo también te quiero.

Termino mi desayuno, colocando su plato y el mío juntos en el lavavajillas. En el momento en que cierro la puerta del lavavajillas, escucho un claxon afuera.

—Oh, ya llegaron por mí —digo, un poco demasiado ansiosa.

—¿Alguien te vino a recoger? —mi madre pregunta, intrigada. Puede que ella no sepa exactamente lo que me pasó el año pasado, pero definitivamente sabe que algo cambió. Sin embargo, probablemente piense que es un asunto de adolescente normal; he visto libros en su mesita de noche acerca de la pesadilla de criar adolescentes. Tal vez ella piensa que estoy pasando por el proceso y que todo es normal. Apuesto a que ella espera que termine pronto. Ella nunca cuestionó mi nueva obsesión con el color negro, mi falta de amigos o mi repentina falta de entusiasmo por la escuela. Aun así, ella me entiende lo suficiente como para no presionarme ni entrometerse.

Mi madre ni siquiera parpadeó cuando regresé de visitar a la abuela Elle, pareciendo una persona completamente diferente. No parpadeó cuando le pedí que me comprara una motocicleta en lugar del auto que había planeado conseguir. Pero solo porque ella lo permitió no significa que no me haya contado sobre todos los peligros de montar una. Incluso me hizo pasar tiempo tomando clases.

—Sí, ayer tuve que dejar mi motocicleta en la escuela.

—¿Qué paso? —ella pregunta

—Me quedé sin gasolina —miento. Esa es una explicación mucho mejor y más rápida que decirle que alguien me robó la ropa y los zapatos.

—¿Es este un nuevo amigo? —pregunta, obviamente curiosa de ver si he permitido que más personas entren en mi vida.

—Solo alguien de la escuela me está ayudando —le digo —. De todos modos, me tengo que ir.

Termino antes de que tenga la oportunidad de preguntarme algo más. Salgo corriendo por la puerta para encontrar el mismo Wrangler que tuve la oportunidad de conducir ayer esperándome afuera. Cuando cierro la distancia, Aron se aleja del lado del conductor y camina hacia la puerta del pasajero.

—Buenos días —dice, con una sonrisa que me parece demasiado brillante.

—Buenos días —murmuro. Él comienza a abrir la puerta del pasajero, pero cuando empiezo a caminar hacia ella, él entra y cierra la puerta. Me detengo, mirándolo. *¿Qué diablos está pasando?*

Él baja la ventana.

—Vamos a llegar tarde a la escuela. ¿Vas a manejar tú o qué?

Sonrío y camino hacia el lado del conductor; cuando entro, Taylor Swift ya está sonando. Riéndome de lo extraño que se siente, cambio el auto para conducir, relajándome en la extraña pero reconfortante paz que Aron parece traer.

—Vaya, esto es bueno —dice después de que termina la segunda canción del álbum.

Mantengo mis ojos en el camino.

—¿Qué cosa?

—Esto. Siento que tengo un chófer personal.

—No te acostumbres. Hoy estoy de vuelta en mi motocicleta. Dos ruedas son mejores que cuatro.

—No cuando llueve.

—No puedo discutir con eso.

—Además, no cuando estás descalza —agrega.

—Gracias por el recordatorio.

—Quizás la próxima vez, *me* llevas *tú* a la escuela. Me muero por ver cómo manejas esa motocicleta.

—Tal vez. —digo la palabra en voz alta, pero me lleva un segundo darme cuenta.

Sonríe y asiente con la cabeza cuando comienza a sonar la tercera canción, no pasan más que algunas canciones más antes de llegar al estacionamiento. Estaciono el Jeep justo donde suele hacerlo él, al lado de mi motocicleta. Abro la puerta, salgo del auto, y cuando levanto la vista, me doy cuenta de que todos los ojos están puestos en nosotros.

Supongo que debería haberlo visto venir. Espero a que se caiga el otro zapato, a que alguien se ría de mí y me diga lo patética que soy una vez más. Cuando lo hagan, ¿Aron me dará la misma mirada de disgusto que todos los demás mientras se aleja?

Estoy esperando a Janice. Pero nada pasa.

—¿Te veo más tarde? —Aron pregunta, un poco inseguro.

—Tal vez —respondo, alejándome de la gente que no nos quita el ojo de encima, seguro se están preguntando por qué una patética chica gótica como yo conduce el auto del mariscal de campo. Me dirijo al interior lo más rápido que puedo, mi mirada fija en el suelo como si guardara los secretos de todos los misterios más grandes del mundo.

Llego hasta mi casillero para intercambiar algunos de los libros antes de darme cuenta de que la camiseta y los pantalones de chándal de Aron todavía están en mi bolso. Creo que puedo devolverlos al final de la clase de gimnasia, teniendo en cuenta que ahora es uno de nuestros estudiantes permanentes.

Caminando a clase, escucho los insultos habituales.

Y me siento como siempre. Como si yo fuera la tierra debajo de sus zapatos.

—¿Qué demonios estaba haciendo ella con él? —Janice dice en voz alta cuando entro al aula.

EL LUNES DESPUÉS DEL BAILE

ERA LUNES. NO HABÍA SABIDO NADA DE JACOB DURANTE TODO el fin de semana. El viernes llegué a casa en taxi, pero no salí de la habitación del hotel de inmediato. Una parte de mí esperaba que volviera, que cambiara de opinión y se diera cuenta de que no quería dejarme sola. Esperaba que volviera a ser el chico dulce que era hace años.

Ese no fue el caso.

No regresó.

Y después de dos horas de llanto, decidí que era hora de irme a casa. No quería que mi madre se preocupara por mí.

Me quedé en casa todo el fin de semana, el volumen del timbre de mi teléfono estaba tan alto como era posible. Esperé a que me contactara, que me llamara, que se preocupara por mí. El sábado pasó sin contacto alguno.

¿Por qué se fue tan rápido después?

¿Tal vez una emergencia?

Tal vez se sintió encerrado y claustrofóbico en el cuarto.

Tal vez había una razón por la que no podía quedarse.

Eso es lo que me dije durante todo el fin de semana.

El domingo, mi madre me preguntó si tenía fotos de nosotros dos; le dije que no.

Ella me preguntó si me divertí en el baile de graduación; le dije que sí.

A medida que avanzaba el día sin decir una palabra, lo busqué en las redes sociales y descubrí que había pasado el fin de semana de fiesta con amigos; había fotos de algunas chicas de la escuela que lo rodeaban, chicas de la multitud popular.

Tal vez no me lo dijo porque sabía que no encajaría con ellos. Tal vez no quería que me aburriera. Quizás él me quería para él solo. O al menos, eso es lo que me decía mientras la duda comenzaba a aparecer.

El lunes por la mañana, tomé el autobús a la escuela como lo hago todos los días. Pero algo fue diferente esta vez.

Yo me sentía diferente, sí, pero también había algo más. Los susurros y las conversaciones en voz baja comenzaron y se detuvieron mientras me dirigía a la parte trasera del autobús. Por un segundo parecía que estaban hablando de mí, riéndose de algo que tiene que ver conmigo... pero ese no puede ser el caso.

Era imposible, no era más que pura paranoia.

Cuando salí del autobús, escuché más susurros.

—¿Has oído lo que pasó este fin de semana?

—¿Con esa zorra, Dimah?

Estaba a punto de parar y decir algo cuando me doy cuenta de que debí haber escuchado mal. Deben estar hablando de alguien más. Agarré mi bolso, salgo del autobús y entro. Tengo la primera clase con Jacob, así que rápidamente cambio mis libros y me dirigí al aula.

Los susurros continuaron. Parece que estoy en un episodio de la Zona Desconocida.

Llegué quince minutos después de lo permitido y me dirigí directamente a mi primera clase; tomo mi asiento habitual y espero a que la clase se llene. Justo a tiempo, Jacob, tan alto y guapo como siempre, hace su aparición. Me senté un poco más derecha en mi silla, esperando que sus ojos me encontraran. Ni siquiera me miró; en cambio, caminó hacia la parte de atrás del aula, tomando su asiento habitual.

Tal vez no se dio cuenta de mí. Tal vez tuvo un fin de semana duro.

¿Tal vez él está batallando con algo?

Espero que su familia esté bien.

Comienza la clase. Traté de ignorar mis inseguridades e intenté animarme diciéndome que todo iba a estar bien. Cuando sonó la campana de fin de clase, pongo mis cosas en mi bolso y veo a Jacob pasar y salir por el rabillo del ojo. Lo sigo, lista para hablar sobre este fin de semana.

Sobre nosotros. Sobre lo que sigue.

Fuera del aula, me detuve en seco. Reconocí la espalda de Jacob; también reconocí a la chica con la que estaba por su cabello castaño rojizo. Los miro, besándose justo en el medio del pasillo, en medio de todos. La gente miraba el espectáculo mientras él la acercaba más. Ella pasó sus dedos por su cabello, y por mucho que quiera, no puedo mirar hacia otro lado.

—Jacob. —Su nombre dejó mi boca en un susurro, dudo que lo escucharan. Los estudiantes comienzan a gritar, animándolos. Finalmente, rompieron el beso.

—¡Jacob ha completado la apuesta! —Janice anuncia. No tenía idea de qué apuesta estaba hablando. Quizás besarla en medio del pasillo, eso tenía que ser.

Tal vez no quería besarla, me digo.

Porque todavía me digo a mí misma que él me quiere.

—¿Qué desafío? —pregunté, finalmente encontrando mi voz. *Todos los ojos se volvieron hacia mí, incluido el de Jacob, y la gente comenzó a parlotear. Más susurros. Más comentarios que no pude escuchar.*

Más sensación de que están hablando de mí.

—Oh, ¿no has oído hablar de la apuesta, querida? —*Janice ronronea. Nunca me ha gustado. Ella era venenosa, mala, malvada. Ella lastimaba a la gente y no le importaba.*

—¿Qué apuesta? —*pregunto de nuevo. Mis ojos buscaron los de Jacob, esperando algo, esperando que me explicara todo.*

—Desvirgar a una chica fácil —*dice Janice, mirándome directamente a los ojos.*

7

FÁCIL DE REEMPLAZAR CON AZÚCAR.

NO SÉ CUÁNDO DEJÉ QUE YA NO ME AFECTARAN LOS comentarios de los pasillos, pero creo que esa es una de las mejores decisiones que he tomado en los últimos meses. Eso, junto con pasar el verano lo más lejos posible de aquí.

Mis clases regulares terminan, y lo único que me queda es la clase de gimnasia. En lugar de cambiarme en el vestidor como lo hago normalmente, entro al baño durante el descanso y me pongo la ropa del gimnasio.

Los extremos a los que hay que llegar para evitar conflictos por aquí son escandalosos.

Entro en el vestidor para guardar mi bolso justo cuando la gente se va. Una vez más, siento la tensión en el aire. Algunas de las chicas, especialmente las secuaces de Janice me miran con desdén antes de volver a lo que sea que estén hablando, probablemente sobre mí. Desearía que no fuera así. Desearía que el año pasado pudiera ser enterrado en el pasado, pero de alguna manera la gente todavía no lo ha superado.

Fácilota.

Puta.

Virgen.

La tonta que cayó en la apuesta.

Entro en el gimnasio justo cuando la clase está por comenzar.

—Hoy jugaremos voleibol —afirma el señor Walker, su voz silencia rápidamente la cancha—. Vamos a hacer estiramientos, entonces cada uno de ustedes necesitará encontrar un compañero para que puedan practicar golpes, sets y picadas. Entonces jugaremos un partido.

Algunos estudiantes gritan animados, y siento una sonrisa deslizarse en mis labios.

La señora Tillman nos guía en los estiramientos y, tan pronto como terminamos, todos buscan un compañero. No me muevo, pero algunas de las animadoras se dirigen directamente a los pocos jugadores de fútbol de nuestra clase. Y ¿Janice? Bueno, por supuesto, se dirige directamente hacia Aron, y observo su interacción desde mi lugar en el suelo.

—Estoy bien.

Escucho esas palabras salir de la boca de Aron, y veo en estado de shock mientras se aleja de Janice. Tampoco creo que sea la única que lo escuchó; el silencio vuelve a invadir la habitación. Janice le tira dagas con sus ojos a la parte posterior de su cabeza. Cada paso que él le toma lejos de ella, la enoja más.

Miro mis pies, la pequeña cicatriz que tuve cuando aprendí a montar este verano. Accidentalmente me quemé con el silenciador, un recordatorio perpetuo de cambio.

—¿Quieres que practiquemos juntos? —Ante el sonido de su voz, levanto la cabeza, solo para encontrarlo *mirándome.*

—Esto... —Estoy un poco perpleja. Ayer, me eligió primero para formar parte de su equipo y hoy rechazó a Janice para elegirme.

—Lo tomaré como un sí —dice, extendiendo su mano.

Deslizo mi palma en la suya y él me levanta del suelo.

—No te entiendo —murmuro.

—¿Qué no entiendes?

—La chica más popular de toda esta escuela te pidió que fueras su compañera y la rechazaste. Entonces luego me preguntas que sea tu compañera. ¿Por qué? —*Es un año nuevo. Él está en el último año. Se acerca la graduación. No quiero ser el blanco de la apuesta de este año.* Esos son los únicos pensamientos en mi mente cuando le pido que sea sincero conmigo.

—¿Realmente necesito una razón? Simplemente no quería practicar con ella —responde, sin aclarar nada para mí.

No sé por qué esperaba que lo hiciera.

—¿Pero quieres practicar conmigo? Eso es lo que no entiendo.

—¿Por qué es tan difícil para ti entender que alguien te elige? —pregunta, y aunque sé que está hablando de elegirme como su compañera de voleibol, no puedo evitar pensar en qué más podría decir. Nadie me querría, y si lo hacen, es porque no tienen otra opción.

—Antes del baile de bienvenida, nunca me dijiste una palabra.

—Yo era una persona diferente entonces.

—¿De verdad? ¿Cómo es eso?

—Dame un paseo en tu motocicleta y tal vez te lo diré —dice con un guiño.

¿Está coqueteando conmigo?

Dios, ¿por qué mi mente está tan desordenada? ¿Porque soy mercancía dañada?

—Mmm...

—Jugando duro para dejarte convencer —dice.

Le disparo dagas aún más grandes que las de antes de Janice.

—A pesar de lo que hayas escuchado, no soy fácil —le digo, girándome para alejarme. Llego a la canasta de pelotas, pero me detengo cuando siento que Aron se acerca.

Detrás de mí, dice—: Eso no es lo que quise decir.

—Así sonó.

—Soy un idiota. A veces me sale una mierda que tal vez no debería decir. Y sí, he oído mucho sobre ti —dice.

Ya lo dijo antes, pero esta vez es como si alguien me hubiera dado un puñetazo en el estómago; todo su contenido de repente quiere derramarse desesperadamente a mis pies.

—Por supuesto que sí —susurro, mi ira aumentando. A pesar de la rabia, mantengo mi voz baja—. Y por eso pensaste que te harías amigo de mí, porque crees que soy una puta. Pensabas que te encontrarías un acostón fácil. Entonces, ¿hay alguna apuesta que vuelva a ocurrir este año? ¿Otra apuesta? ¿Un rito de iniciación? Porque ya no soy virgen, si ese es el caso.

—No. Eso no es en absoluto. Sé que los rumores son mentiras; sé que no eres fácil. Te enamoraste de la persona equivocada. Y era un imbécil si no veía lo inteligente, hermosa y fuerte que eres... —Cuando pongo los ojos en blanco, agrega—: Eres más fuerte de lo que piensas, más fuerte de lo que demuestras.

Mi voz todavía es baja mientras murmuro desafiante—: No me conoces.

—No tanto como quiero, pero lo estoy intentando.

—Deja de intentarlo —le digo. Caminamos de regreso para tomar nuestra posición en una de las redes instaladas alrededor del gimnasio. Es posible que no quiera continuar teniendo esta conversación, pero sí tengo que seguir las instrucciones.

—No voy a parar, no hasta que me des una buena razón por la que debería hacerlo —dice, golpeándome la pelota.

Tengo muchas razones por las que debería retroceder, razones para no confiar en él. Razones para no confiar en nadie...

Pero también estoy cansada de alejar a la gente.

En conflicto, sacudo la cabeza.

—No lo entiendo.

Él sonríe pacientemente.

—No todas las cosas deben entenderse.

RITOS DE PASILLO

—*ES UNA TRADICIÓN PARA LOS JUGADORES QUE ESTÁN POR graduarse realizar algunas tareas para pasar con éxito el relevo. Todos eligen una carta de un frasco que les asigna una misión. Van desde las apuestas básicas que te retan a adornar la casa de alguien con papel de baño hasta tareas más desafiantes como desflorar a una virgen. Jacob obtuvo el extremo corto del palo y seleccionó la carta virgen—, explicó Janice, como si fuera un juego, como si no afectara a las personas. Como si no me estuviera afectando. Estaba parada en el pasillo, impotente mientras todos nos miraban a Janice, a Jacob y a mí.*

—Pensaste que iba a ser imposible, ¿verdad, mi amor? —le preguntó, pasando los dedos por su pecho.

Sus ojos están desgarradoramente llenos de diversión.

—Sí —dijo casualmente.

—Le dije que debería fingir que habíamos terminado y luego invitar a la Srita. Emerson al baile de graduación. Lleva años enamorada de él —se burló Janice, disfrutando de su momento.

Ella estaba haciendo un espectáculo al hecho de humillarme; ella estaba hablando con todos los demás, empujando el cuchillo. Sentí un ataque de pánico asolándome. Estaba lista para perderlo todo y simplemente llorar. O gritar...

O pelear.

—Quiero decir, definitivamente fue una mierda no ir al baile de graduación con mi novio, pero después de que él manejó su desagradable tarea, volvió a mí, y con tiempo suficiente para que nosotros también tuviéramos el último baile —continuó.

Víbora.

—*Ella realmente pensó que te preocupabas por ella* —agregó Janice, riéndose mientras miraba a Jacob.

Él la acercó más a su lado.

—*Ni siquiera un poco.*

Con esas cuatro palabras, se rompió el frágil control que mantenía sobre mis emociones. Las lágrimas comenzaron a caer; quise correr, pero estaba congelada en mi lugar.

—*Fue un acostón fácil. Una noche, eso es todo lo que se necesitó* —dice Janice. Estirándose de puntillas, besaba a Jake antes de continuar con su tremenda actuación—. *Quiero decir, pensar en él con ella me producía nauseas, pero solo teníamos que hacerlo. Además, dijo que era tan anticlimático que no podía esperar para irse de todos modos.*

Janice se encogió de hombros mientras todos se reían a carcajadas, pasando un momento maravilloso a mi costa. Luego suspira dramáticamente, volteando una mano en mi dirección.

—*Una flor tan fácil de arrancar. Todavía no puedo creer que ella lo haya dejado así, apenas tuvo que hacer un esfuerzo, aunque es increíble pensar que pensó que Jacob me dejaría por ella. ¿Por qué me dejaría por una perra tan gorda, fácil y cachonda?*

No pude escuchar más. Me sentí como un pez fuera del agua, ahogada. Con lágrimas cayendo por mi rostro, me alejé, pero los gritos aún me rodeaban. La gente estaba animando a Janice y Jacob, llamándome todo tipo de insultos.

Puta.

Piruja.

Fácilota.

Desesperada.

Gorda.

Fea.

Una y otra vez, escuché sus palabras de burla. La puerta se cerró detrás de mí. Estaba lloviendo afuera pero no me importó.

Corrí a casa mientras llovía. Cuando llegué a mi casa, corrí a mi habitación y me escondí debajo de las cobijas, pero las voces sólo se escuchaban más fuerte, resonando en mi mente, humi-llándome.

Pero lo que escuchaba, más fuerte que cualquier voz de la multitud, es su silencio.

Nunca signifiqué nada para él.

8

AUNQUE AMBOS SABEMOS QUE MI SABOR ES PURAMENTE
DULCE COMO LA CAÑA DE AZÚCAR.

—DEBERÍAS MANTENERTE ALEJADA DE ARON—, DICE UNA voz muy familiar detrás de mí. Es una voz que he llegado a odiar, una que todavía me hace saltar cada vez que la escucho.

La voz de Janice. No puedo creer el poder que tiene sobre mí.

—Estoy hablando contigo, zorra —dice ella, más fuerte esta vez.

Me estremezco de nuevo. Dejo caer mis libros, me giro para mirarla, pero ella me empuja contra el casillero, llamando la atención de otros estudiantes que se giran para mirar. Tiburones que han olido la sangre en el agua y están ansiosos por ver el ataque.

—Yo...

—¿Tu *qué*? —Janice gruñe.

—No entiendo.

—Por supuesto que no. Pero lo que aun no entiendo es por qué crees que algún hombre podría estar interesado en ti.

—Yo no lo creo. No creo eso en lo más mínimo. —Me hago más y más pequeña con cada palabra que pronuncia, sosteniéndome a mí misma.

—Bien. Porque no deberías. Y perder todo ese peso no hizo nada para hacerte más atractiva. Para que conste, la mierda gótica totalmente negra que tienes no está ayudando tampoco. —Me mira con desprecio mientras habla, como siempre, degradándome y haciéndome menos frente a todos.

—El hecho de que él te preste un poco de atención no significa que se preocupe por ti, de todos modos. ¿Recuerdas lo que pasó la última vez que pensaste que alguien te quería?—pregunta a sabiendas, recordándome el pasado—. *Patética*. Eso es lo que eres, ¿lo sabes?

Termina su demoledor discurso con una sonrisa siniestra, chocando conmigo mientras se aleja.

A tientas busco el pestillo y abro mi casillero, entierro la cabeza con la esperanza de ahogar el ruido, aprovechando la oportunidad para recomponerme. Es posible que no pueda contener las lágrimas, pero eso no significa que quiera que todos las vean.

Sólo unos días más.

Sólo unas pocas semanas más.

Ya casi terminas.

Puedes hacer esto, Dimah, me digo a mí misma, repitiendo mi mantra para poder sobrevivir los próximos días, los próximos minutos. La risa detrás de mí todavía continúa mientras el alumnado se regocija por el hecho de que me hicieron menos. De nuevo.

Respiro hondo. Me siento tan idiota por permitirme ser menospreciada, por no defenderme.

Alguien me toca el hombro, haciéndome saltar.

—Lo siento, no quise asustarte —dice Aron, y me giro para mirarlo lentamente.

—Está bien.

—Tienes los ojos rojos. ¿Estás bien? —Hace la pregunta inocentemente, con una voz dulce y cariñosa, pero no puedo evitar recordar las palabras de Janice. Esto no es diferente al año pasado. Aron *no es diferente* a Jacob.

—Sí, estoy bien —le digo, cerrando mi casillero y alejándome.

—¡Espera!

Camino hacia mi motocicleta, esperando que Aron se quede atrás. No necesito que me traiga más atención. Janice no necesita más municiones para atacarme.

—Oye, espera —dice Aron, agarrando mi brazo y dándome la vuelta para mirarlo.

—Déjame en paz —respondo, lágrimas amenazan con derramarse una vez más.

Él escanea mi cara.

—¿Qué pasó? ¿Qué está pasando?

Alejo mi brazo.

—Nada.

—¡Claramente *no* es nada, de lo contrario no estarías llorando en este momento!

—No estoy llorando. —Pero cuando las palabras salen de mi boca, una lágrima me recorre la cara y me traiciona.

—Cuéntame —ruega.

—No puedo.

—Puedes si quieres. Por favor, háblame —presiona nuevamente. Miro hacia atrás y veo que una vez más estamos llamando la atención. En medio de la multitud, encuentro a Janice disparándome dagas con los ojos. Ella mira a Aron y luego a mí. Luego sacude la cabeza y sonríe con desdén.

—No —respondo.

—¿Por qué no?

—Porque, en realidad no te importa. A nadie le importa.

—¿Qué te hicieron, Emerson? —susurra. Él mira hacia atrás a la masa de estudiantes que todavía nos observan, preguntándose qué podría desear el apuesto mariscal de campo con la chica cachonda y fea.

—Como si no lo supieras —susurro entrecortadamente.

No hay calma después de la tormenta

Las semanas posteriores al baile de graduación no fueron agradables. En realidad, eran como vivir en el mismísimo infierno. Cada vez que caminaba junto a alguien, recibía miradas de reojo. La risa. El jodido juicio.

No esperaba que mi tercer año fuera tan malo. No esperaba que Jacob fuera un ser humano tan horrible.

Hablando de Jacob, no me ha dicho nada desde la noche del baile. Tomó mi virginidad, me hizo una broma delante de todos y dejó que Janice se burlara de mí tanto como ella quería.

Una parte de mí esperaba que fuera porque se sentía mal por lo que hizo, pero sabía que era porque yo era la nueva paria, la única a la que nadie quería estar cerca. Y pensar que le di una parte de mí que no podría recuperar, una parte que nunca podría darle a nadie más. Estúpidamente, pensé que finalmente seríamos felices.

—Cariño, ¿estás bien? —mi mamá me preguntó desde el otro lado de la mesa, sacándome de mis pensamientos.

—*Bien* —*le dije. Pero bien, no era realmente la verdad. Estoy todo menos bien. Si pudiera caminar por la escuela con tapones para los oídos para bloquear el ruido sin parecer ridícula, lo habría hecho. Los auriculares hacen la mayor parte del trabajo por mí, pero como la escuela prohibió su uso en interiores, no hay mucho que puedan hacer para protegerme del mar de chismes en los que me estaba ahogando.*

—*¿Estás segura?* —*preguntó, esperando confirmación.*

—*Sí.* —*Le miento a la cara, avergonzada. Me preguntaba si ella puede decirlo.*

—*¿Estás emocionada de que el año esté llegando a su fin?* —*Intentó desesperadamente entablar una conversación a la hora de la cena, conversación que no estaba dispuesta a tener.*

—*Si.* —*La verdad esta vez, y esa era la única respuesta que había sido genuina. El final del año escolar significaba que no volvería a ver a Jacob nunca más, no tendría que vivir con el recordatorio constante de lo ingenua que fui. No tendría que mirar al tipo que tomó toda mi reputación y la arruinó por completo.*

La fuente de mi vergüenza. La razón por la que ya no participaba en las actividades escolares.

La razón por la que usaba grandes suéteres y pantalones de chándal, porque todos quieren comentar sobre mi cuerpo.

La razón por la que no hablaba con nadie, después de darme cuenta de que me había convertido en una paria social, la gente no quería tener nada que ver conmigo, de todos modos.

Sí. Estaba extasiada de que el año esté por terminar.

—¿Puedo ir a visitar a la abuela este verano? —pregunté, *expresando la incógnita que había estado en mi cabeza desde que descubrí la verdad.*

—¿Todo el verano? —pregunta, luciendo un poco en conflicto.

—Sí. Creo que me haría bien alejarme. —Esconderme.

—¿Alejarte de qué? —Mi mamá pregunta.

—De aquí. —Y la gente en ella, agrego en mentalmente.

—Pensé que te encantaba vivir aquí.

—Me gusta. —Me gustaba, tiempo pasado. *Pero se había transformado en un lugar demasiado pequeño. No creía que pudiera soportar otro verano estando cerca de la misma gente, los mismos acosadores.*

No creía que pudiera sobrevivir.

—¿Qué está pasando, Dimah? —mi madre intentó convencerme para que le contara lo que estaba sucediendo, pero me *negué a responder.*

—Solo necesito un descanso, mamá. Especialmente antes de *que empiecen las clases de nuevo.* —Le di una excusa cualquiera, *una respuesta fácil de digerir.*

—Hablaré con tu abuela —prometió, *y por primera vez en esas semanas, le di una sonrisa semi genuina. Por primera vez, sentí que el final de mi sufrimiento estaba a la vista.*

9

JUSTO ANTES DEL SÉPTIMO PERÍODO, VOY A LA OFICINA DE la enfermera y le digo que no me siento bien. Eso solo se suma a mi lista cada vez mayor de mentiras, pero no puedo enfrentarme a la clase de gimnasia hoy, no después de mi último encuentro con Janice o lo que pasó después con Aron.

—Entonces, ¿qué está pasando, Dimah? —Pregunta la enfermera Johnson.

—No me siento muy bien.

—Dijiste eso cuando entraste a mi oficina. ¿Cuál es el problema?

Busco en mi cerebro por la próxima mentira que contar. Uno pensaría que sería fácil fabricarlas a estas alturas, teniendo en cuenta que han sido mi escudo durante los últimos meses, pero cada vez que digo una, eso destruye lo que queda de quién soy. De quien era yo.

—¿Estás embarazada? —Las palabras de la enfermera rompen mis pensamientos.

—¿Qué si estoy qué? —Pregunto, mi voz se alza.

—¿Estás embarazada?

—¿Por qué dirías eso?

—No es que no sepamos que eres sexualmente activa. Las paredes tienen orejas. —Ella me mira como si yo supiera eso. Como si fuera consciente de lo puta que soy. Como si yo fuera la única que se ha perdido el memo.

—*¿En serio?* —pregunto, una risa escapa de mis labios. Hace eco a mi alrededor, maníaca y salvaje, y me da miedo.

Ella me mira de arriba abajo.

—Sé que te acostaste con Jacob Hastings el año pasado. —Puedo ver el asco en sus ojos, la forma en que su nariz se arruga con desaprobación, justo antes de agregar—: Estoy segura de que no es el único.

Mis manos comienzan a temblar; empiezo a balancearme sobre mis talones, pero ella no se da cuenta. Ella no se da cuenta de que soy una taza que se ha llenado hasta el borde y que está a punto de desbordarse. Ella no se da cuenta de lo que sus palabras me están haciendo.

—¡Tienes que estar de joda! —grito, toda restricción finalmente se rompe.

Ella me da una sonrisa condescendiente.

—Cuida tus palabras, cariño. Estará bien, algunas personas simplemente toman malas decisiones —dice ella, tratando de *calmarme*.

No puedo creer el nervio de esta mujer. Estúpidos estudiantes de bachillerato con los que puedo lidiar. Los adolescentes que no tienen nada mejor que hacer que burlarse de mí, podrían superarlo. Podría ignorarlo. Podría vivir con eso.

Pero no esto.

No un adulto, sin la más mínima idea de lo que realmente sucedió, arrojándolo de vuelta a mi cara. Esto, por alguna razón, no lo puedo soportar.

Una fuerza que no he sentido en años surge a través de mi cuerpo; un repentino aire de confianza me invade, y una pequeña parte de lo que solía ser antes del año pasado vuelve a la vida.

—No tienes idea de lo que estás hablando —le digo.

—Cariño, creo que todos saben de lo que estoy hablando —ella razona. *Las paredes tienen oídos* significa que ha escuchado todos los insultos que me lanzan a diario. Ella ha escuchado todas las cosas que me han llamado, todas las cosas que se han dicho. Y ella no ha hecho nada. Como enfermera, tiene el deber de cuidar a sus alumnos. Estoy sorprendida y disgustada al darme cuenta de que ella ha elegido ignorar esa responsabilidad. Claramente, como todos los demás, ella prefiere juzgarme por las opciones que *no tuve*.

—Debes tener cuidado de no tomar las palabras de los estudiantes de bachillerato como un evangelio.

—¿Qué quieres decir?

—Significa que no todo lo que escuchas es verdad.

—Algo de eso lo es —dice ella.

—Algo de eso no lo es.

—¿Entonces, estás diciendo que no te acostaste con Jacob y todos los otros chicos de los que sigo escuchando?

Me detengo por un segundo.

—¿Todos los otros chicos? —pregunto.

—Sí, los otros jugadores de fútbol del año pasado. Algunas personas en la banda. Te has estado moviendo, aparentemente.

Mis manos se doblan en puños.

—¿Enseñan al personal a culpar a la víctima también? —pregunto en voz baja.

—¿Víctima, tú? —dice sorprendida, como si el hecho de que yo sea una víctima fuera algo tan descabellado que no puede creerlo.

—Deberías haber preguntado, como se supone que debes hacer. Pero supongo que la rumorología es demasiado entretenida.

La enfermera aspira.

—Suele suceder. La gente duerme con otras personas. A veces se arrepienten más tarde. Solo quería asegurarme de que no vienes aquí porque estás embarazada. Ya deberías saber cómo cuidarte.

—¿Por qué no te callas?

Ella frunce el ceño.

—¿Disculpa?

—Insistes en hablar de algo de lo que no sabes nada.

—Sé lo suficiente. —Se cruza de brazos y me mira.

—Una mierda. No sabes nada, sólo sabes lo que te han alimentado con cuchara.

—La mayoría de los rumores son al menos un poco ciertos, Dimah.

—Eres realmente mala en tu trabajo.

—Estoy haciendo mi trabajo. Verificar si los estudiantes tienen relaciones sexuales sin protección es parte de eso.

—Supongo que solo puedes manejar una cosa a la vez, y eso es muy malo.

Noche del baile de graduación

. . .

ME DESABROCHA EL VESTIDO, TIRA DE MI CABELLO Y ME BESA bruscamente. Me imagino cómo sería si sucediera lentamente, si fuera dulce en lugar de apresurado. Pero independientemente de cuánto cierro los ojos y trato de imaginar que todo suceda de manera diferente, el sabor del alcohol en sus labios es un recordatorio: esta es mi realidad.

—Detente —le digo, alejándome mientras aprieta su agarre sobre mí.

El no escucha. Él continúa besándome, tirando de mi cabello dolorosamente mientras sus manos viajan sobre mi cuerpo. Se mueve hacia la cama, tirando de mí junto con él. De repente, me abre el vestido.

Lo veo caer lentamente al suelo.

—Jacob —susurro, una lágrima deslizándose por mi mejilla.

—¿No es esto lo que has querido durante mucho tiempo? —me pregunta

Finalmente noto el arrastre de sus palabras, el enrojecimiento en sus ojos. Me está mirando como un depredador mira a su presa.

—No así —respondo.

No hace descarrilar su enfoque. Me empuja sobre la cama, me arranca la ropa interior.

—Detente. —Me oigo gritar en mi cabeza, pero no salen palabras de mi boca. ¡Detente! ¡Detente! ¡Detente! Sigo gritando, pero él nunca lo hace.

No me pregunta si estoy disfrutando esto. No me pregunta si estoy bien. Ni siquiera me mira, ni siquiera cuando toma la parte de mí que nadie más ha tenido.

Termina en cuestión de segundos, pero a mí me parecen horas.

Tal vez se perdió demasiado en el momento. Tal vez fue el alcohol lo que lo hizo ser tan agresivo.

Tal vez realmente le gusto y esta fue su forma de mostrarlo.

Tal vez la próxima vez sea dulce. Quizás la próxima vez escuche.

Quizás la próxima vez... me preguntará.

10

ME APRESURO A SALIR DE LA ENFERMERÍA COMO SI HUBIERA fuego bajo mis pies. No le doy a la enfermera una segunda mirada. Ni una palabra más. Nada. Ella no es el problema de todos modos, no es el problema principal, quiero decir. Ella sólo hizo lo que todos los demás hacen. Ella se creyó el chisme, creyó las mentiras. Ella no es más que la cola de la serpiente, y cortar la cola no hará nada para detener el veneno.

Doy una vuelta por la escuela, esperando que mi ira disminuya.

Solo inhala, exhala. Repite el proceso.

Continúo guiándome a través de ese simple movimiento, con la esperanza de que afloje la tensión acumulada en mi pecho... pero aún lo siento. Todavía me estoy sofocando bajo el peso, y no hace más que aumentar con cada inhalación.

Me acerco a mi casillero para buscar los libros que necesito llevarme a casa. Por encima de mi cabeza, suena el timbre, seguido de cerca por las puertas que se abren, golpeando pasos, aumentando el ruido. Bloqueo toda la charla, intentando de nuevo la combinación con mi casillero ya que mi primer intento falló. Lo hago lentamente esta vez, con cuidado, porque el temblor en mi mano no está ayudando.

Cálmate. No esto. Ahora no, Dimah, me digo mientras termino la combinación y abro el candado. Justo cuando estoy a punto de abrir la puerta, una mano viene de detrás de mí y la cierra de nuevo.

—Me alegra que hayas seguido mi consejo y te hayas retirado. —La voz de Janice hace eco en mis oídos.

—Déjame en paz—, le digo, mi tono inquietantemente tranquilo.

—¿Que acabas de decir? —dice, girándome y presionándome contra el casillero.

—Dije que deberías dejarme en paz —repito. Mi voz tiembla, revelando la fuerza de mis emociones.

Janice sonríe.

—¿Ustedes escucharon eso? —le pregunta a la multitud en voz alta—. ¡La zorra de la escuela me está diciendo que la deje en paz!

Mirándome con su mirada de desprecio, arrastra los ojos.

—¿O qué? ¿Qué vas a hacer si no lo hago? —Un pequeño sonido inarticulado sale de mi boca. Ella se ríe, *todos* se ríen. Ella clava sus dedos en mi hombro, presionándome contra la pared de los armarios.

Miro su mano, sintiendo mi propio tic en respuesta.

—No voy a decirlo de nuevo —le advierto, mi voz es lo suficientemente baja como para que solo ella la escuche.

Su labio superior se curva ligeramente antes de anunciar a la multitud—: ¿Escucharon eso? La chica fácilota no lo va a volver a decir.

Respiración profunda, Dimah, me digo a mí misma. Inhalo profundamente, luego libero el aliento.

—Ya me cansé de aguantar tu mierda —le digo, llevando ambas manos a los hombros de Janice y empujándola tan fuerte como puedo al otro lado del pasillo.

—¡Oooh, la puta tiene mal genio! —Alguien grita en la multitud.

—¿Viste eso? —Alguien más agrega.

—¿Qué coño crees que estás haciendo? —Janice dice, poniéndose de pie.

—Te dije que me dejaras en paz.

—¿Crees que eres fuerte ahora? —pregunta, preparándose para atacarme. Me preparo para los golpes que seguirán, el tirón del cabello, la inevitable pelea, pero no llega.

—¡Déjame ir! —Janice grita.

Levanto la vista para ver a Aron con sus brazos alrededor de su cintura, evitando que se acerque a mí. Janice mira detrás de ella y sonríe, ya no pelea, aparentemente contenta de que se haya acercado a ella.

—¿Qué está pasando aquí? —La voz de Aron resuena en el pasillo; Todos callan.

—Dimah se olvidó de tomar sus medicamentos, al parecer —se queja Janice—. Pelea conmigo solo porque le estoy diciendo la verdad.

—Cállate —le ordeno. Juro que escucho a todos jadear.

Los ojos de Aron encuentran los míos y pregunta—: Dimah, ¿estás bien? —Lo miro y no sé qué pensar. ¿La está abrazando porque quiere protegerla o la está abrazando porque quiere protegerme?

—¿Bien? ¿Estás preguntando si *ella* está bien? —Janice grita—. ¡Esa perra me empujó! Deberías preguntar si *yo* estoy bien.

—Te dije que me dejaras en paz.

—¿Cómo tú dejaste en paz a Jacob? A pesar de saber que no le caías bien, lo seguiste como un cachorro a un hueso. Y cuando tuviste la oportunidad, te lo cogiste, puta.

—Sabes, para alguien que dice saber tanto, no sabes una mierda. —Doy un paso más cerca de ella.

—¿Disculpa, puta? —Janice se burla.

—Has estado tan empeñada en llamarme por tus nombres, tan empeñada en hacerme quedar mal por acostarme con tu novio, pero tú eres por quien me siento mal.

—Oh por favor. ¿Te sientes mal por mí? —ella se burla.

—Sí por *ti*. Porque permitiste que tu novio violara a alguien por un mero juego de bachillerato. Y luego lo tomaste de vuelta como si nada. Eso *es* patético. —Silencio. Mi declaración se encuentra con caras de asombro y silencio ensordecedor—. Te enfocaste tanto en lo fácil que fui... supongo que no importaba que nunca estuviese de acuerdo.

—Estás mintiendo —escupe Janice.

Ahora es mi turno de burlarme de *su* ignorancia, de *su* ingenuidad.

—Dije que sí para ir al baile de graduación. Fui tonta al pensar que le caía bien, pero eso fue todo. Nunca quise acostarme con él. Y se lo dije, mientras se forzaba sobre mí y hacía del baile de graduación el peor día de mi vida.

—Deja de mentir —grita Janice. Aron todavía la está reteniendo, pero sus ojos están centrados en los míos. Veo una tormenta de ira en su mirada mientras está parado allí, congelado.

—No estoy mintiendo. Ya sea que me creas o no, depende de ti, pero estoy harta y cansada de ti... —Me detengo y miro alrededor del pasillo lleno de estudiantes antes de agregar—, y tus seguidores enfermos e idiotas, llamándome nombres a mis espaldas, haciendo mi vida imposible, hablan sin saberlo.

Camino lentamente hacia ella, mirándola. Sé que, para ella, y probablemente para todos los demás aquí, parece que me he transformado ante sus ojos. Algunos incluso pueden pensar que me he vuelto loca por hacerle frente a alguien como Janice. Pero no me he vuelto loca; de hecho, creo que he recuperado una parte de mí.

Es la parte de mí que quiere que pelee por mí misma, la parte que ya no me permitirá que me deje pisotear.

Cierro la distancia, tan cerca ahora que estamos cara a cara.

—Si vuelves a susurrar mi nombre de nuevo, juro que trapeo los pasillos con tu trasero.

—No te atreverías —Janice desafía.

—No tienes idea de lo que haría. *No me conoces.* Solo conoces a la persona que creaste a través del veneno que vomitaste, pero te prometo que puedo ser mucho peor. —Miro a Aron—. Suéltala.

Vacilante, hace lo que le pido.

—Estás loca. Él no te violó —dice ella, sacudiendo la cabeza y mirando a los estudiantes que nos rodean. Miran hacia atrás, con los ojos llenos de preguntas.

Me encojo de hombros

—Síguetelo diciendo a ti misma, si es lo que necesitas escuchar. Pero yo estuve allí y tú no. Ahora, ¿vas a retroceder o tengo que obligarte? —Pregunto, mirándola, acercándome. Tan cerca como estamos ahora, me doy cuenta de que soy más alta que ella; otra pieza de lo que solía ser vuelve a su lugar, más fuerte esta vez.

Janice vuelve a mirar alrededor de la habitación y luego a Aron, que todavía está de pie a su lado. Ella sabe que ha perdido esta batalla; ella nunca esperó que me defendiera. Sin embargo, necesitaba cortar la cabeza de la serpiente, y ella es la cabeza.

Oigo el movimiento de los pies, y con precaución aparto mi mirada de Janice para inspeccionar el pasillo. Todos han cambiado de posición; todos están parados detrás de mí ahora. Las únicas personas al otro lado de la habitación son Janice y Aron.

Suelto una breve y triunfante risa. Se han trazado líneas y ahora que la verdad está fuera, la mayoría de la gente está conmigo; es curioso cómo ha cambiado la situación, cómo han cambiado las cosas. La mayoría de estas personas han hablado de mí a mis espaldas durante tanto tiempo que casi no puedo recordar un momento mejor, pero ahora, sus ojos muestran empatía. Culpa. Dolor. Vergüenza.

Me vuelvo hacia Janice otra vez, tocando mi pie.

—Estoy esperando.

—Si tú sabías que ella fue atacada y no dijiste nada, me aseguraré de que te arrepientas por el resto de tu vida. —

La voz de Aron resuena en las paredes mientras él se aleja de ella y se dirige hacia mí. De pie a mi lado, apoya su mano suavemente en la parte baja de mi espalda.

—No lo sabía —susurra.

—Dimah no será la única que hará tu vida un infierno si vuelves a meterte con ella. Yo también iré tras de ti y te prometo que eso no te va a gustar ni un poquito. —Cuando termina de hablar, la voz de Aron no es más que un gruñido. Janice se estremece visiblemente.

Ella me mira, luego a Aron, sus ojos escaneando a todos los demás detrás de nosotros. Una lágrima solitaria se desliza por su mejilla; ella parece hacerse más pequeña justo en frente de mis ojos, y puedo sentir su impotencia.

La misma impotencia en la que he estado viviendo desde la noche del baile.

Luego, ella hace exactamente lo que el viejo yo hubiera hecho: se gira hacia la salida y corre. Cuando ella desaparece, otra pieza de mi rompecabezas vuelve a su lugar.

11

PERDERME, PARA TI FUE EL COMIENZO.

Todo lo que necesitaba era el coraje para tomar posesión de mi vida. Decirles a todos en el pasillo lo que sucedió no era lo ideal, pero no estaba pensando en eso en ese momento. Todo lo que sabía era que el peso no iba a desaparecer hasta que hiciera algo al respecto.

Las palabras de mis compañeros no iban a dejar de lastimarme hasta que dijera algunas de las mías.

No sé qué le va a pasar a Jacob ahora, pero sinceramente, no tengo la intención de desperdiciar otro minuto pensando al respecto. Tal vez habrá un juicio en el futuro. Tal vez no. Todo lo que sé es que las personas que hacen cosas malas eventualmente pagan por lo que han hecho.

—¡Ey, Emerson, espera! —Escucho a Aron decir mientras me dirijo a mi motocicleta.

—¿Qué pasa? —pregunto. Es genial sentirse mucho más relajada que al principio de la semana; es genial no asfixiarse con la necesidad de esconderse más. Camino con la cabeza en alto y la barbilla en alto. En los días posteriores a mi confrontación con Janice, he ido a clases, a mi casillero, la cafetería, y no escuché nada negativo. No he escuchado nada en absoluto.

—Podríamos... —se detiene y se pasa los dedos por el pelo—. ¿Quieres darme esa vuelta en moto ahora?

—¿Ahora mismo? —le pregunto. No lo he visto desde el viernes cuando finalmente me enfrenté a Janice. Intentó hablar conmigo cuando terminé, pero le pedí un poco de espacio. Solo puedo matar a un dragón a la vez.

—No hay momento mejor que el presente —dice con una sonrisa.

—Está bien —respondo. Bien podría enfrentar esto ahora y no después.

Se ve sorprendido.

—¿De verdad?

—Me siento particularmente valiente hoy, entonces, ¿por qué no? —En realidad, puedo pensar en algunas razones, pero no estoy segura de sí son reales o no, así que, por ahora, las ignoraré.

—Perfecto. Um... hay un lugar realmente genial al que quiero llevarte —dice, frunciendo el ceño ligeramente.

Doblo mis brazos sobre mi pecho.

—Dije valiente, pero no estoy segura de que se extienda *tanto*.

—Te encantará —dice nervioso.

Mi acosada interior, se acobarda un poco porque ya ha escuchado promesas similares antes, pero la más fuerte, audaz y *antigua* versión gana y decide aceptar.

—Bueno.

—Te daré instrucciones mientras conduces.

Me subo a mi motocicleta; Aron se sube detrás de mí. Desliza sus manos alrededor de mi cintura para sostenerme y las mariposas en mi estómago se ponen en modo de salto mortal. Sé que este chico será un problema.

Por otra parte, no ha sido más que amable conmigo, incluso me ayudó cuando me enfrenté a Janice. Él no tenía que decirle lo que le dijo a ella, no tenía que apoyarme. Pero lo hizo.

Tal vez pueda ser amiga de él.

Tal vez se merece una oportunidad.

—Detente aquí —grita Aron, inclinándose más cerca para ser escuchado por el viento.

—¿Aquí mismo? —Le grito de vuelta.

—¡Sí!

Me detengo al lado de un campo lleno de flores en medio de la nada.

—¿Qué es este lugar? —pregunto, quitándome el casco.

—Es uno de mis lugares favoritos.

—¿De verdad?

—Sí, pasé mucho tiempo aquí el año pasado.

Puedo decir que hay más en esa declaración, una historia que tal vez no esté dispuesto a compartir en este momento.

—Sígueme —dice, entrando en el campo. Camina entre las flores hasta llegar a la mitad, luego se quita la bolsa y la deja caer al suelo. Al abrirla, saca una manta.

Retrocediendo cautelosamente, cruzo los brazos sobre mi pecho.

—¿Tuviste una manta todo este tiempo?

Me mira, sonriendo.

—La he estado cargando por unos días.

—Creo que realmente te gusta venir aquí.

—No había venido en mucho tiempo —responde, encogiéndose de hombros.

—¿Entonces, llevas la manta por si la necesitas?

—La llevo conmigo porque esperaba que dijeras sí para venir aquí.

—Eso es un poco presuntuoso —bromeo.

—Más bien optimista.

—¿Por qué quisiste traerme aquí? —le pregunto, mirándolo mientras abre la manta y la extiende con cuidado. Me indica que tome asiento; con cautela, lo hago.

Se sienta conmigo, sus ojos buscan los míos antes de hablar.

—Antes de la semana pasada, me preguntabas por qué estaba interesado en hablar contigo —dice con cuidado.

—En realidad todavía me lo pregunto.

—Ahora entiendo por qué seguiste cuestionando mis intenciones. Había escuchado un poco sobre el año pasado.

El poco de paz que encontré en el viaje aquí desapareció instantáneamente. Escuchó los susurros. Por eso estaba interesado en mí. Él piensa que soy fácil.

—Por supuesto que sí.

—No sabía que eras tú.

—Debiste haberlo sabido. A menos que vivas debajo de una roca, no podrías perderte los rumores.

—Realmente no estuve en la escuela la mayor parte del año pasado; cuando finalmente comencé a venir, estaba demasiado enojado para concentrarme en alguien o algo.

—¿Pero este año? Has escuchado los rumores. ¿Cómo puedes no saber que se trataban de mí?

—He escuchado conversaciones aquí y allá. No sabía que se trataba de ti cuando te hablé por primera vez afuera del baile.

—¿Entonces, por qué me hablaste?

—Porque me recordaste a lo que me convertí el año pasado —responde. Él mira hacia otro lado, observando la belleza del campo. Claramente, el año pasado no es algo de lo que le gusta hablar. Lo cual está bien, tampoco es algo de lo que me gusta hablar.

—¿Cuándo comenzaste a escucharlos? —pregunto.

—Estaba en el vestidor preparándome para un juego. Escuché a uno de los jugadores hablar sobre los ritos de iniciación y los rituales de pasillo. —Puedo escuchar la decepción en su voz—. No podía creer la mierda que hicieron. Lo esperaban con ansias este año también. Se me revolvía el estómago cuando hablaron de que te acostaste con Jacob.

Cuando dice *acostar*, me estremezco. No puedo evitarlo.

—Lo siento. Sé que eso no fue lo que pasó. Solo desearía haberlo sabido antes. Le habría hecho pagar por lo que hizo, Dimah. *Quería* hacerle pagar de todos modos por usarte para cumplir un jodido ritual. No podía entender por qué alguien como tú querría estar con él en primer lugar, y luego escuchar lo que te hizo. —Él escupe cada palabra, el dolor y la ira entrelazan el tono de su voz.

—Se acabó —le digo.

—No debería haber sucedido y no volverá a suceder. Les dije a los entrenadores sobre las estúpidas tareas en esa lista hace un tiempo y ahora está prohibido. Cualquier estudiante sospechoso de hacer esa mierda será expulsado de inmediato.

—Eso es un alivio —digo, un poco atónita por su declaración.

—Desearía haber hecho más —dice. Alcanza mi mano, pero se aleja en el último minuto. Mi decepción me sorprende.

—No me conocías.

—Eso es cierto, pero que conste que quería hacerlo. Incluso el año pasado. Te veía caminando por la escuela con un cárdigan, jeans y una camiseta, y tu nariz siempre enterrada en un libro. Siempre me pregunté cómo eras realmente.

—Entonces, ¿cómo es que nunca dijiste nada, por qué nunca se había acercado a mí antes?

—Porque estuve en un mal lugar el año pasado. Pero luego, en el baile, decidí dejar de ser un cobarde y hablar contigo. —Respira hondo y agrega—: No te culpo por pensar que fui otro imbécil tratando de aprovecharse de ti. Yo también soy un jugador de fútbol, así que veo por qué pensabas que tenía una tarea que cumplir. Pero quiero que entiendas que ese no es el caso. De hecho, me has gustado desde hace mucho tiempo.

—¿*Yo* te gusto? —Pregunto, esperando que él se corrija.

—Sí —dice con una sonrisa—. Sé que no me conoces muy bien, pero me gustaría que lo hicieras. También me gustaría conocerte. En realidad, me gustaría salir contigo.

—¿Por qué? —Mi tono rezuma sorpresa.

Él se ríe, sacudiendo la cabeza.

—Porque eres fuerte. Eres hermosa, inteligente y divertida. Eres la única chica en esa escuela con la que me he imaginado y cuando te vi usar mi camiseta, a pesar de lo enojado que estaba de que esas chicas te trataran así, no pude evitar preguntarme qué sería. Me gusta estar contigo. Para compartir más que mi camiseta contigo.

Me sonrojo.

—Ahora solo estás diciendo cosas al azar.

—No son al azar, estoy diciendo la verdad.

—¿Entonces, quieres salir conmigo?

—Me gustaría, espero que te guste la idea tanto como a mí.

Señalo de ida y vuelta entre nosotros, diciendo—: ¿Yo, salir contigo?

—Dios, Emerson. ¡Sí! Tal vez hoy no fue el día adecuado para preguntarte, pero me cansé de esperar el día indicado —dice.

No puedo evitarlo; sonrío porque no puedo contenerme.

—Hoy me siento un poco más como antes —le digo—. Me he sentido como mi vieja yo cada vez más, pero mi vieja yo definitivamente se ha mezclado con algunas partes nuevas.

Nueva confianza. Nueva fuerza.

—Puedo ver eso. —Él toma mi mano y una sensación de confort me invade—. Estoy muy orgulloso de ti por defenderte.

Se me pone la piel de gallina en el brazo.

—Gracias por empujarme a hacerlo —respondo—. Tenías razón sobre lo que sucedería si me defendía.

—Quería pelear tu batalla por ti, pero sé por experiencia que la única forma en que te volverías a encontrar, encontrar a esa chica que solía ver caminando por los pasillos, era si luchabas por ti misma.

—Tú tenías razón. Era mi batalla, no podías pelearla por mí.

—Y eso es lo que hiciste. —Puedo ver el orgullo en sus ojos cuando las palabras salen de su boca. Respira hondo y agrega—: Entonces, ¿sobre esa cita?

Se pasa los dedos por el pelo una vez más, y me doy cuenta de que está nervioso.

—A mis ojos parece como si estuviéramos en una cita ahora mismo —respondo, sintiendo mis mejillas enrojecerse.

—En ese caso, también traje algo de comida —dice Aron, agarrando su bolso y abriéndolo una vez más.

Me río mientras saca algunos contenedores.

—¡Realmente viniste preparado!

—¿Qué puedo decir? Soy un hombre optimista.

Yo sonrío.

—Un poco de optimismo nunca le hace daño a nadie.

Pasamos unas horas más en la pradera, comiendo la comida que él hizo, contándonos historias. Lo conozco un poco más y él también me conoce a mí, a la chica escondida, a mi yo verdadero. Nos tomamos nuestro tiempo. Nada se apresura y todo es perfecto, tal como imaginé que sería. Me trata como pensé que nadie más lo haría. Luego, lo llevo de regreso a la escuela para que recoja su auto, luego me sigue hasta mi casa para asegurarme de que llegue a salvo. Nos sentamos en los escalones de la entrada y hablamos un poco más, reímos un poco más fuerte.

Al final de la tarde, cuando se encienden las luces de la calle, nos quedamos en la puerta de mi casa. Mis ojos se cierran cuando sus labios encuentran mi frente y me da el más dulce de los besos. Me abraza brevemente, luego observa mientras abro la puerta para entrar.

Perfecto.

Aron Lincoln podría ser el hombre que merezco.

¿Quién lo iba a decir?

Y lo mejor es que este es el comienzo de nuestra historia. No es el final.

EPÍLOGO

Seis meses después

LE CONTÉ TODO A MI MAMÁ. COMENCÉ DESDE EL PRINCIPIO, desde el momento en que Jacob me pidió que fuera al baile de graduación, hasta todo lo que sucedió en la escuela en ese momento.

Lloró, disculpándose una y otra vez.

Nunca olvidaré la expresión de su rostro en el momento en que la solté y lloré en su regazo, en el momento en que finalmente compartí todo lo que había estado sosteniendo. Se veía tan angustiada.

Pero finalmente yo estaba bien.

Nuestras lágrimas seguían corriendo mientras nos abrazábamos. Le dije que no era culpa suya; ella dijo que debería haberme presionado más. Le dije que no habría tenido sentido porque no estaba lista para hacer nada al respecto.

No hasta el día en que la enfermera de la escuela también me juzgó.

JANICE SE GRADUÓ CON NOSOTROS. ELLA ESTÁ EN ALGÚN lugar, avanzando en su educación, pero probablemente siempre interpretará el papel de la chica mala. Lo último que escuché fue que Jacob fue expulsado del programa de fútbol en el que había sido aceptado por conducta cuestionable. Se habla sobre acciones legales contra él.

Sé que todos tarde o temprano tienen lo que se merecen.

Definitivamente obtuve lo que me merecía...

***

—¿A DÓNDE FUISTE? —LA PREGUNTA DE ARON ME devuelve la atención al presente. Observo que el sol comienza a ponerse mientras conducimos a lo largo de un tranquilo tramo de carretera.

—Solo pensando en el año pasado —le digo.

—¿Estás bien? —Puedo ver su preocupación por mí antes de que vuelva sus ojos a la carretera.

—Sí, lo estoy. —Y aunque todavía no estoy al cien por

ciento, estoy en camino. Las piezas de quien solía ser finalmente se están uniendo. No soy un rompecabezas terminado, pero estoy mejor de lo que solía estar.

—Bien —contesta y puedo sentir su alivio.

—Gracias, gracias por todo. —le digo, apretando su mano.

—No necesitas agradecerme. No hice nada, sinceramente; siempre lo lamentaré.

—No lo sabías. —Estoy segura de que si lo hubiera hecho, habría actuado antes, ese es el tipo de persona que es él.

—Lo hubiera sabido si no hubiera estado distraído, pensando en cosas sin importancia. —Sacude la cabeza, disgustado.

—Estabas luchando contra tus propios demonios —le aseguro.

—Eso no significa que no debería haberme dado cuenta de los tuyos.

Frunzo el ceño, mirando su perfil mientras conduce.

—Lucho mis propias batallas.

—Eso es lo que haces. Eres fuerte, Em —dice apretando su agarre en mi mano.

—Tú tampoco eres tan malo, Lincoln —le digo en broma.

—¿Lista para esto? —pregunta, mientras nos dirigimos por la I-95 hacia el futuro, nuestro futuro.

Definitivamente estoy nerviosa, pero me recompongo lo suficiente como para decir—: Estoy algo lista. ¿Y tú lo estás?

—La Universidad de Bragan ni siquiera sabrá qué los golpeó —dice con una sonrisa.

Estamos en silencio por un momento, solo manejando juntos.

—¿Pensaste, después de ese día que me hablaste fuera del baile, que íbamos a ir a la universidad juntos? — Pregunto, curiosa por escuchar su respuesta. No esperaba estar aquí, no esperaba seguir adelante, avanzar.

—No pensé que estaríamos aquí, no, pero estoy muy contento de que lo estemos.

—Tú y yo los dos —le digo con una sonrisa.

—Si tomase un trago, brindaría por un nuevo comienzo.

—Por un nuevo comienzo, de hecho.

Me recuperé a mí misma.

Y tengo a Aron Lincoln.

Todo lo demás se alineará.

PERDIÉNDOME

ROSA ANGELA RAMOS

Conozco muy bien esta emoción.

Yo también me he perdido muchas veces antes.

Pero a diferencia de ti, necesitaba encontrarme para
sobrevivir.

A diferencia de ti, perder la palma de mis manos por el
brillo del sol significaba que la tierra dejó de girar
alrededor de mis muslos.

Perderme, para mí significaba que las estrellas dejaron de
brillar en la oscuridad de mi piel.

Al perder la bondad, mi madre se vertió en mi corazón
mientras me daba vida.

Pero para ti, perderme fue como tomar té sin miel.

Fácil de reemplazar con azúcar.

Sin embargo, ambos sabemos que tengo un sabor
puramente dulce como la caña de azúcar.

Y tú lengua no pudo tener suficiente.

Sin embargo, perderme, para ti y para mí, no era lo
mismo.

Perderme, para ti fue el comienzo.

Pero perderme, para mí fue el final.

NOTA DE LA AUTORA

Tengo una amiga que tiene un tatuaje de punto y coma. Yo le pregunté, "¿por qué?" Ella respondió recordándome que se usa un punto y coma para separar los elementos de las oraciones principales. Ella dice que le indicó el comienzo de algo nuevo después del final de un evento anterior.

Dijo que le recordaba que su historia no había terminado; más bien, simplemente estaba tomando una dirección diferente.

Dimah Emerson se me metió en el pensamiento. Ni siquiera había terminado de escribir el próximo libro de mi serie cuando ella se extendió y exigió que escribiera sobre ella. Escribí más en un día que lo que nunca había escrito antes.

Ella era una tormenta formándose lentamente.

Y luego finalmente explotó.

Dimah Emerson representa, al menos para mí, a todas las jóvenes que han sido intimidadas, incomprendidas, burladas, atacadas y humilladas. Dimah Emerson representa a muchas de nosotras. No esperaba que esta historia fuera a donde fue; inicialmente, se suponía que era sólo intimidación, pero ella lo tomó en una dirección diferente y no pude ignorarlo.

Esta historia es sobre ella.

Esta historia es sobre todos nosotros.

Dimah vivió con la cabeza baja por un rato. Ella cambió quién era en respuesta a lo que sucedía a su alrededor y lo que le sucedió. Se convirtió en un caparazón de la persona que solía ser. Ella se perdió a sí misma.

Espero que esta historia *te* motive a encontrarte a *ti* misma.

Dimah *necesitaba* encontrarse a sí misma, tomar posesión de su vida para seguir adelante. No podía simplemente sentarse allí y dejar que las cosas que le sucedieron la mantuvieran deprimida.

Espero algún día tener algo del coraje que ella tiene.

Espero que algún día compartas su coraje también.

NADA ES IGUAL

SOBREVIVIRÉ

Aron Lincoln nunca tuvo la intención de asumir el papel de papa. El tenia solo catorce años.

Su trabajo era ser un hermano mayor, uno del que su hermano pequeño pudiera aprender, tal vez incluso mirarlo.

Se suponía que él no era el único de quien su hermano dependía para protegerse.

Pero cuando su papá se fue, y su mamá eligió algo mas que ellos, Aron no tuvo otra opción.

Él hizo un voto para proteger a su hermano, y es una promesa que pretende cumplir.

Nada es Igual

AUTORA BESTSELLER DEL USA TODAY

GIANNA GABRIELA

Nada es Igual

AUTORA BESTSELLER DEL USA TODAY

GIANNA GABRIELA

CRÉDITOS

Nada es Igual (Sobreviviré, #2)

Copyright © 2018 Gianna Gabriela

ISBN E-book: 978-1-951325-21-3

ISBN Paperback: 978-1-951325-22-0

Diseño de portada: LJ Designs

Traducción: Daisy Services for Authors

DEDICATORIA

*Para aquellos que luchan con responsabilidades que no
deberían asumir.*

*Recuerda siempre que eres fuerte, que eres suficiente, y que
eres capaz. No eres invisible, te vemos.*

Cariñosamente,

Gianna

PRÓLOGO
QUISIERA QUE MI PAPÁ ESTUVIERA AQUÍ.

—¿OYE, MAMÁ, QUÉ ES ESTO? —PREGUNTO, SOSTENIENDO una pequeña bolsa de plástico. La encontré dentro de uno de sus zapatos en el armario cuando estaba jugando a las escondidas con Ethan—. ¿Azúcar?

Tal vez ella olvidó que estaba allí. Sé que planea hacer limonada hoy.

—¿Dónde encontraste eso, Aron? —pregunta. Parece que está enojada, pero no entiendo por qué; ella suele ponerse feliz cuando encuentro cosas.

—Estaba...

Ella corre hacia mí, apartando la bolsa de mi mano.

—¿Dónde lo encontraste? —grita y mi labio inferior comienza a temblar. Miro hacia abajo para ver que hay un poco de sangre en mi mano. Creo que me aruñó cuando me arrebató la bolsa.

Las lágrimas comienzan a correr por mi cara.

—Estaba en tu... —murmuro, sin entender lo que hice para que mi madre se enojara tanto.

—¿Dónde? —grita y yo me estremezco.

—En el armario —respondo. Ethan se quedó en la habitación. Se esconde hasta que voy y lo encuentro. Me alegra que no esté aquí para verme llorar.

—¡No te metas ahí otra vez!

—Estábamos jugando a las escondidas —le digo.

Ella me da una mirada que me dice que estoy en problemas.

—No vuelvas a hacerlo —dice cada palabra lentamente y yo asiento en respuesta, mis labios siguen temblando mientras gruesas lágrimas caen por mis mejillas.

No sé qué hice para hacerla enojar. No suele molestarse así conmigo.

Desearía que mi papá estuviera aquí.

Ella nunca se enojaba cuando él estaba aquí.

1

NO DEBERÍA SER YO QUIEN TERMINA DE CRIAR A SU HIJO.

Cinco años después

ENTRO EN MI CASA, ENOJADO Y LISTO PARA ENFRENTAR A MI madre por dejar a Ethan en la escuela por dos horas después de su salida. Se supone que debe recogerlo cuando yo tengo entrenamiento de futbol. Ese es su único trabajo, la única cosa que le he pedido que haga, pero incluso falla en eso. Cuando me presenté, el director me miró con los ojos llenos de lástima y mi hermano menor me dio un abrazo. Ethan estaba asustado. Había estado llorando y solo podía imaginar cuántos escenarios pasaron por su cabecita, ninguno de ellos cercano a la realidad con la que me encuentro.

Tal como lo sospeché, y la razón por la que le dije a Ethan que me esperara en su habitación, mi madre está sentada en la mesa de la cocina con el polvo blanco extendido en la superficie frente a ella.

—¿Qué estás haciendo? —pregunto con disgusto.

La he pillado haciendo esto suficientes veces para saber exactamente qué es, pero le pregunto de todos modos, esperando que la respuesta sea diferente esta vez.

—¿Qué estás haciendo tú aquí? Pensé que tenías práctica —pregunta, cambiando de tema. Dejo caer mi bolsa de gimnasio en el suelo. La decepción que siento debería ser obvia para ella, pero creo que ya no se da cuenta o quizás ya está acostumbrada.

La veo tratar de recoger el resto de su porquería blanca.

La evidencia de su fechoría, nuevamente en la bolsa.

—Yo *tenía* entrenamiento.

—¿Entonces, por qué no estás allí ahora? —Su tono es acusatorio. Sólo mi madre se atrevería a cuestionar mis acciones cuando las que ella hace se alejan bastante de lo que está bien. Pone la pequeña bolsa dentro del bolsillo de sus jeans.

—La escuela llamó —le digo, contando los segundos hasta que se dé cuenta de lo que hizo esta vez.

Diez segundos.

¡Diez segundos!

—¡Mierda, Ethan! —dice, acordándose finalmente.

La ira corre por mi sangre.

—Se suponía que debías recogerlo hace dos horas.

Mira por encima de mi hombro.

—¿Dónde está?

—Arriba haciendo la tarea, no es que realmente te importe.

—¡Me importa! —gruñe en respuesta.

La miro fijamente.

—¿De verdad te importa? ¿Desde cuándo? —escupo. No debería ser yo quien críe a mi madre. Se suponía que este no era mi trabajo.

—Soy tu madre —argumenta débilmente.

Bufo. No ha sido una madre para nosotros en años. Tuve que criarme y a Ethan también.

—¿Es así como te quieres llamar ahora? Porque parece que estás olvidando cuál es tu papel.

De repente contrita, ella se acerca a mí, enmarcando mi cara con sus palmas.

—Lo olvidé, ¿de acuerdo? —dice suavemente. Coloco mis manos sobre las de ella, separándolas de mi cara. No le daré la absolución que busca.

—Sí, así fue. —Olvidó que es madre, que tiene hijos, que no debe consumir drogas. No puedes olvidar a tu hijo en la escuela durante dos horas porque estás demasiado ocupada drogándote.

Estas son todas las cosas que quiero decirle, pero no. Porque ya lo dije todo en vano.

Supongo que ella también ha olvidado cómo escuchar.

———

—¡AMIGO, NO PUEDES DEJAR EL EQUIPO! —GEORGE DICE mientras empaco mis cosas del vestidor de hombres.

Suelto un suspiro. Mi madre se ha olvidado de recoger a Ethan no una vez, sino todos los días de esta semana. No puedo seguir saliéndome del entrenamiento temprano para ir a buscarlo.

—No tengo otra opción.

Sé que el entrenador entiende, ya que él es el único que tiene una idea vaga de cómo es mi vida en casa, pero no puedo seguir haciéndole esto al equipo. Un mariscal de campo es una de las piezas realmente importantes en el tablero, una pieza que debe permanecer constante.

—Eres el mariscal de campo —dice Tyler. No entiende mi situación, probablemente porque no he dicho nada. A nadie. Estoy muy avergonzado.

Sacudo la cabeza

—Ya no.

—¿Qué pasa con la beca para la universidad? —pregunta George—. Tendré que apuntar a una por mérito.

La verdad es que una beca universitaria no importará porque de ninguna manera se me permitirá llevar a Ethan a los dormitorios conmigo. Y no puedo vivir con él en el campus mientras voy a la escuela.

Lo mejor que puedo hacer es graduarme del bachillerato y conseguir un trabajo para poder alquilar un lugarcito para nosotros.

Quizás cuando Ethan termine el bachillerato y vaya a la universidad, pueda yo pensar en la universidad para mí.

—¿De verdad, una beca de mérito? —Tyler dice, riendo. Lo golpeo en el hombro—. Tengo puras...

—Amigo, cuidado con el brazo. Puede que hayas terminado con el fútbol, pero yo no puedo lastimarme si vamos a intentarlo y no nos maten esta temporada debido a que jugaremos con el segundo mariscal de campo con el que nos dejas.

—No es tan malo —les digo.

Tyler y George abren sus casilleros al unísono, mirándome incrédulos.

—¿No tan malo? —dice George—. ¡El tipo no puede completar un pase!

—El tipo se asusta cuando ve a los jugadores corriendo hacia él —agrega Tyler.

—Ningún mariscal de campo quiere que lo agarren —le digo. Es verdad.

Ni tampoco quieren recibir un golpe.

Miro mi uniforme, mi número y mi apellido en la parte de atrás. Voy a extrañar hacer esto. Jugar al fútbol fue mi refugio del caos que es mi vida, pero es hora de crecer. Tengo a alguien más que tengo que proteger. Aunque amo el fútbol, amo a mi hermano mucho más.

—Sólo digo que estamos a punto de empezar un período de sequía —dice George y todos nos reímos. No es que hayamos ganado todos los juegos; somos un oponente digno, pero lejos de tener una temporada perfecta.

—Esperemos que sea corto —dice Tyler, levantando su bolso del banco y tirándolo en su casillero.

—¿Entonces, no te quedas a entrenar hoy con nosotros? —pregunta George.

Cierro mi casillero.

—Amigo, ya no voy a jugar. ¿Por qué razón me quedaría? —Miro mi reloj. Tengo que estar en la escuela de Ethan en unos minutos.

Tyler empuja a George y le da una mirada de ¿es en serio?

—Me tengo que ir —les digo.

—Echaremos de menos jugar contigo —dice Tyler, sin miedo a expresar sus pensamientos.

—Todavía somos amigos —les aseguro.

—Como somos amigos, haré una fiesta el próximo fin de semana. Mis padres estarán fuera. Podemos celebrar o compadecernos del hecho que dejas el equipo. ¡Más te vale que estés allí! —George dice.

—Intentaré ir por un par de horas —le digo, sabiendo que no sucederá. No hay forma de que deje a Ethan solo con mamá para poder irme de fiesta.

2

ELLA NO PREGUNTA CÓMO ESTOY YO.

HA PASADO UNA SEMANA DESDE QUE DEJÉ EL FÚTBOL Y LO extraño mucho. Era mi única salida y ahora se ha ido. En cambio, tengo que mitigar el impacto que el hábito de las drogas de mi madre tiene en la vida de mi hermano menor. Cuando llego a casa, puedo escuchar el sonido de los muebles que se mueven o son tirados al piso.

—¿Qué hiciste? —Richard me ladra en el mismo momento que abro la puerta.

Lo miro con desdén.

—¿De qué estás hablando? —pregunto, pretendiendo no tener ni idea.

Él cierra la distancia entre nosotros un paso a la vez.

—Tú *sabes* de qué estoy hablando.

Lo desafío porque si no fuera por él, probablemente no estaríamos en este lugar en este momento, mi madre no estaría así como está.

Me encojo de hombros casualmente.

—No, no tengo idea. —Me doy la vuelta y me dirijo a mi habitación, pero no doy dos pasos antes de que me golpeen contra la pared.

Richard se inclina cerca de mi oreja, su antebrazo en la parte posterior de mi cuello me sujeta en su lugar.

—¿Dónde las pusiste? —Exige en un tono lento. Cuando me quedo en silencio, me agarra del hombro y me da la vuelta. Atrapado entre él y la pared, siento la furia golpeando mi sangre. Y quiero romperle la cara a puños.

Pero me contengo.

—¿Dónde? —grita. Richard me mira con los ojos enrojecidos. Aun así, no digo nada. Con un gruñido frustrado, lleva sus dos manos a mi garganta, envolviendo sus dedos con fuerza hasta que corta el aire.

Jadeo fuertemente, mi respiración apenas un susurro mientras digo—: En la basura.

—¿Las tiraste a la *maldita* basura?

Él me suelta y se dirige hacia la cocina. Lo escucho volcar la bolsa de basura, buscando las drogas responsables de destruir a mi familia.

Jodida mierda.

Me acerco a donde está, observando mientras busca algo que no encontrará.

—¿Dónde están? —grita, volviéndose brevemente hacia mí antes de regresar a su búsqueda. Miro hacia el patio a través de la ventana de la cocina.

Richard sigue mi mirada.

—Maldita sea —gruñe. No sé por qué sigo parado aquí, mirándolo mientras escarba. Puede que esto no termine bien para mí, pero no me importa.

Hoy no.

Richard abre la puerta del patio trasero, tirando de ella con tanta fuerza que se salen las bisagras. Mentalmente, cuento cuánto tiempo le tomará regresar con las manos vacías. Una sonrisa tortuosa aparece en mi rostro cuando lo imagino buscando en la basura con sus propias manos, buscando sus preciosas drogas.

Es una pena que las tire todas por el inodoro.

—¿Qué mierda hiciste? —grita, volviendo a la cocina.

—Oh, espera. ¿Te refieres a tus *drogas*? —pregunto.

—Sí —dice con los dientes apretados.

—Pensé que estabas preguntando sobre otra cosa.

—¿Sobre qué más estaría preguntando, dónde están?

—Las tiré por el inodoro —respondo y dolor irradia de mi boca. Richard me golpea por segunda vez, la sangre brota de mi labio partido. Apretando mi camisa con ambas manos, me tira al suelo y me patea las costillas.

—¡Bastardo! ¿Sabes cuánto pagué por eso? —pregunta, pateándome de nuevo.

Una patada.

Dos.

Tres.

Con un grito inarticulado, se da la vuelta y se agarra el pelo desesperadamente. Tan silenciosamente como puedo, me levanto del suelo y me acerco sigilosamente detrás de él. Con la velocidad del rayo, envuelvo mi brazo alrededor de su garganta, apretando mi agarre mientras él comienza a luchar. Richard intenta hacerme palanca, pero yo soy más fuerte que él, lo he sido por un tiempo.

Lo dejé tener algunos golpes hoy, pero él tiene que saber que eso fue mi elección. Por alguna razón, quiero hacer daño, sentir ese dolor, pero ahora voy a lastimarlo.

—¿Que...? ¡Aron, detente ahora mismo! —grita mi madre, apresurándose a ayudar a Richard.

—¿Qué está pasando? —Escucho a alguien decir.

Ethan.

¿Qué está haciendo él aquí al mediodía?

Sé que él ve la sangre corriendo por mi cara. Sé que él ve la forma en que estoy agarrando a Richard.

La forma en que Richard está luchando. Lo miro y siento su miedo.

Puedo ver cada pregunta en su mente y estoy enojado conmigo mismo por haberlas puesto allí en primer lugar.

Casi no siento a mi madre tirando de mí, golpeándome, rogándome que deje ir a Richard. Soy insensible a todo.

—Estás sangrando, Aron.

Esas son las palabras que me rompen, sacándome de mi estado. Las palabras de mi hermano menor mezcladas con preocupación y confusión son las que hacen que suelte a Richard.

Richard cae al suelo, agarrándose el cuello y jadeando por aire. Mi madre se cae a su lado y le pregunta cómo está, si está bien.

Sin embargo, ella me ignora.

Ella ignora el hecho de que estoy sangrando. Richard tiene toda su atención.

—Estoy bien, amigo. —Trato de asegurarle a Ethan, pero siento que de alguna manera he roto su imagen de mí. Lo he decepcionado y eso me duele más que los golpes y patadas que Richard me había dado antes.

Soy un idiota.

Me dejé llevar tratando de hacer enojar a Richard.

—¿Por qué saliste de la escuela tan temprano? —pregunto, limpiando la sangre de mi cara.

Él ignora mi pregunta.

—¿Por qué estaban peleando?

—Nada más le estaba mostrando a Richard algo que aprendí, en realidad no estábamos peleando.

Alza la mano para tocar mi boca, pero yo me alejo.

—Estás sangrando —dice.

—Oh... me caí y no me limpié. —Odio que le estoy mintiendo, pero no quiero que piense lo peor de mí.

—No quiero que pelees, incluso si es solo para mostrarle algo a Richard —dice inocentemente.

—Está bien, prometo que no lo haré —le aseguro, guiándolo por las escaleras hasta su habitación y lejos de mamá y Richard—. ¿Entonces, por qué estás en casa tan temprano?

—Empezó a caer agua por todo el salón.

—¿Se rompió una tubería? —pregunto.

—Sí, llamaron a mamá.

—¿Ella te recogió?

Él sacude su cabeza.

—No, la mamá de Lance me trajo —responde y eso tiene más sentido para mí.

—Voy a ir a limpiarme y cuando regrese, podemos ir a un lugar especial —le digo, rezando para que pueda borrar lo que acaba de presenciar.

—¿Vamos por un helado? —pregunta esperanzado.

—¡Helado y a otro lugar también!

Él asiente ansiosamente, y aprovecho eso como mi oportunidad de salir de su habitación y recomponerme. No quiero ser el que le cause pesadillas.

3

GRITO A TODO PULMÓN, DEJANDO SALIR TODA LA
FRUSTRACIÓN, LA IRA Y EL DOLOR.

—¿Vas a intentarlo o no? —George me pregunta desde su asiento en el sofá. Después de todo, decidí ir a su fiesta, especialmente porque Ethan está durmiendo en la casa de su amigo Lance.

Los padres de George están fuera de la ciudad durante el fin de semana, y confiaron en que su hijo de diecisiete años se quedaría en casa y no organizaría una fiesta. Gran error.

La casa tiene tanta gente que sus padres no sabrían qué les golpearía si se atrevieran a regresar antes de lo previsto a casa. Tomo otro trago de mi cerveza y la dejo sobre la mesa.

Sacudo la cabeza.

—No, estoy bien.

—Tienes que probarlo al menos una vez —grita Tyler sobre la música, tomando una fumada del porro en cuestión.

—En serio, amigo. Pruébalo y luego puedes quitarlo de tu lista —dice George, tratando de persuadirme. Las drogas *no* están en la lista de cosas que quiero hacer, pero siempre me he preguntado qué las hace tan atractivas.

¿Qué las hace tan buenas que mi madre se rinde a ellas cada día?

—A la mierda —murmuro por lo bajo—. Pásalo.

Algunos lo llamarían presión de grupo; yo lo llamaría investigación.

—Solo recuerda: inhala, lo aguantas por un momento y luego lo sueltas —dice Tyler, guiándome en el proceso.

—Lo que sea. —Tomo una fumada, aguantándome la respiración todo el tiempo que puedo. Sin embargo, cuando lo libero, empiezo a toser como loco.

—Amigo, respira —dice George, riendo.

—Cállate —respondo, todavía incapaz de evitar toser. Agarro mi cerveza de la mesa y me la tomo de un trago.

—La primera vez siempre apesta. ¿Quieres intentarlo otra vez? —George pregunta, mirando el porro que estoy tratando de devolverle. Lo miro fijamente, disfrutando de la sensación de flotar que me inunda. Sé que la droga preferida de mi madre es la cocaína y, a veces, la heroína, lo que sea que esté disponible, pero eso no es con lo que comenzó. Esto era con lo que inició. La idea me golpea de la nada, lamento haberme consumido tan rápido.

—Estoy bien —digo, volviendo a mis sentidos. Me dije a mí mismo que nunca fumaría. Nunca me rendiría ante el maestro que controla a mi madre. Sintiendo que no solo me traicioné a mí sino también a Ethan, me levanto y voy a la cocina. Necesito respirar por un minuto. Tomo otra cerveza del refrigerador, la abro y la tomo de un solo trago.

Sé que probablemente sea un poco hipócrita decir que no a las drogas y luego beber alcohol, pero necesito algo para calmarme un poco. Necesito olvidar lo que es caminar y encontrar a mi madre con una aguja en el brazo o con la nariz pegada a la mesa.

Tomo una segunda cerveza del refrigerador, sintiéndome más calmado, y me uno a los chicos en el sofá.

Me tomo el resto de mi bebida, sintiendo el subidón gotear por mi cuerpo, adormeciéndome. Intento concentrarme en la sala, en la forma en que las personas bailan juntas, besándose entre ellas. No sé cuánto tiempo pasa antes de sentir que alguien sube sus dedos por mi pecho. Me giro y encuentro a una chica sentada en mi regazo.

¿Cuándo diablos sucedió eso?

No me siento completamente como yo en este momento.

—Hola, cariño —dice, mirándome con ojos hambrientos. Mirando más allá de ella hacia Tyler y George, ellos me dan el visto bueno y guiñan un ojo.

—¿Por qué no me llevas arriba? —dice ella. Intento concentrarme en su rostro en un intento de averiguar de dónde la conozco.

¿Tenemos una clase juntos?

—Puedes ir a mi habitación —dice George con una sonrisa.

—Vamos —le digo.

La chica se levanta de mi regazo y yo camino delante de ella, llevándola hacia las escaleras. Llego hasta la parte de arriba, sin molestarme en mirar detrás de mí para ver si ella me está siguiendo. Estoy seguro de que ella lo hace.

Abro la segunda puerta a la derecha, dejándome entrar en la habitación de George. Al encender la luz, siento a la chica detrás de mí, tratando de levantar mi camisa.

—Hey—le digo, deteniendo sus movimientos.

—¿Estás listo? —pregunta, como si estuviera a punto de cambiar mi vida.

No lo creo.

Miro la forma en que se balancea.

—¿Cuánto has bebido?

Ella pone mala cara.

—Sólo un par de cervezas. ¡Ah, y dos tragos! —Aunque sus labios dicen dos, sus dedos señalan tres.

Sacudo la cabeza

—Súbete a la cama.

Ella sonríe, pateando sus zapatos y haciendo lo que le dije.

—Debajo de las mantas —la instruyo. Ella me mira, perpleja, antes de hacer exactamente lo que yo digo. Tan pronto como se pone cómoda, bosteza.

Bien.

Apago las luces.

—Ven conmigo —dice ella, tropezando con sus palabras.

Me doy la vuelta y abro la puerta.

—No esta noche.

—¿Qué, por qué?

—No me acuesto con chicas borrachas —le digo. Cierro la puerta detrás de mí y salgo. Me paro fuera de la habitación, oyendo su grito exasperado. Unos minutos más tarde, sin embargo, todo está en silencio.

Bajo las escaleras y encuentro a Tyler y George en el mismo lugar donde los dejé.

—¡Buen hombre! —George dice, chocándome los cinco mientras me siento en el sofá.

Tyler también me anima.

—¡Manera de manejar esa mierda!

No me molesto en decirles que no me acosté con ella. Les dejo pensar lo que quieran.

Soy un imbécil, pero no voy a aprovecharme de una chica borracha.

ME QUEDO CON LOS CHICOS POR UN PAR DE HORAS MÁS, esperando hasta que esté lo suficientemente sobrio para conducir. Me despido y salgo para afuera, sentado en mi auto por un momento. No quiero irme a casa. No quiero estar allí, para enfrentarme a la posibilidad de ver a mi madre inconsciente. Ethan no está allí, así que realmente no necesito ir a casa todavía. A medida que me acerco a la vuelta que me llevará de regreso a mi casa, me pregunto si debería seguir conduciendo, para aprovechar esta oportunidad y tener un tiempo libre porque no sucede con frecuencia.

Dejo pasar mi calle mientras me dirijo hacia la autopista. Conduzco por la carretera interestatal, eventualmente dando vuelta en un camino familiar. Unos minutos más tarde, reduzco la velocidad del automóvil para detenerlo por completo. Al salir, cruzo la calle y entro en un gran campo. Sobre mí, el cielo se extiende para siempre, las estrellas arden brillantemente en una manta de seda azul oscuro.

Al pasar, toco los delicados pétalos de las flores dormidas. Aquí es donde traje a Ethan después de ir a tomar un helado el otro día, el día que su imagen de mí comenzó a desmoronarse. *Eso fue mi culpa.* Quería que viera las flores, el espacio abierto. Quería que corriera libremente, que hiciera lo que quisiera. Que fuera simplemente un niño.

Mientras camino por el campo, recuerdo lo mucho que se rio persiguiéndome mientras jugábamos. Su risa despreocupada me hizo sonreír a cambio. Me recordó cómo jugábamos a las escondidas hace mucho tiempo. Estar aquí con él me ayudó a olvidar las cosas malas, aunque solo sea por un momento.

Mirando alrededor del campo oscuro masivo, parece más grande. Continúo caminando sin rumbo y cuando me encuentro en lo que creo que es el medio, abro los brazos y doy la bienvenida al viento fresco.

Son las tres de la mañana, así que no hay nadie cerca. No hay nada a la vista en millas.

Entonces, lo dejo ir.

Grito a todo pulmón, dejando escapar toda la frustración, la ira, el dolor.

Grito hasta que mi garganta está cruda y las lágrimas pican mis ojos. No sé si ayudará, pero en este momento en particular, se siente bien. Mis piernas parecen ceder entonces y me derrumbo en el suelo. Respirando el aire fresco de la noche, pienso en el futuro, en lo que quiero hacer con mi vida, en quién quiero convertirme.

Pero al igual que el viento hace que las flores se muevan, mis sueños vuelan con él.

4

YA NO ES SUFICIENTE.

Han pasado dos semanas desde el incidente con Richard, y la tensión en la casa es casi insoportable. Mi madre no me mira a los ojos desde que lastimé a su precioso traficante de drogas. Cuando puedo y cuando sé que Ethan está en un lugar seguro, salgo con los chicos. Esta noche, decidieron que comenzaríamos a celebrar mi cumpleaños. Eran los únicos que lo recordaban, y cuando me dieron trago tras trago, los derribé.

Ahora, me llevan a casa, aunque no puedo abrir los ojos lo suficiente como para ver quién es.

—Ve a dormir y que se te pase, Lincoln —me dice, estirándose por enfrente de mi para abrir la puerta. Me caigo del asiento del pasajero del auto, me levanto y me tropiezo en los escalones de mi casa. No pensé que estaba tan borracho.

En realidad, es un milagro que esté caminando en primer lugar. Debería estar inconsciente en alguna parte. Llego a la puerta principal y giro el pomo. Está cerrada. Balanceándome, me busco los bolsillos hasta encontrar las llaves. Detrás de mí, el auto que me dejó arranca y se aleja, y brevemente me pregunto quién era. Entrecierro los ojos, concentrándome en las luces traseras que se mueven cada vez más en la distancia a medida que se acerca otra luz.

El sol.

Recordando la tarea en cuestión, saco mis llaves de mi bolsillo e inserto cada una en la cerradura hasta que encuentro la que encaja perfectamente.

Al girar la llave hacia la izquierda, abro la puerta y entro. Todas las luces están apagadas, y mientras el sol se asoma entre las nubes, el silencio en el que entro me asegura que todos todavía están dormidos.

Doy los pasos de dos en dos, paso por la habitación de mi madre, pero me detengo frente a la de mi hermano menor. Sé que está durmiendo en la casa de otro amigo esta noche, pero todavía abro la puerta. Esperando que esté vacía, me sorprende ver una pequeña figura durmiendo en la cama.

Internamente, entro en pánico. Se suponía que no debía estar en casa esta noche. Saber que él no iba a estar aquí fue la única razón por la que me permití salir en primer lugar. Me acerco a su cama, teniendo el mayor cuidado posible para no despertarlo, y miro para ver que está bien.

No creo que mi madre lo lastimaría físicamente, es la

cicatriz emocional la que más temo, pero de todos modos lo compruebo. Satisfecho, cierro su puerta y me dirijo a mi habitación. Sin molestarme ni siquiera en quitarme los zapatos, me dejo caer en la cama y me rindo para dormir; tanto la fatiga como la culpa son mis mantas.

UNOS GRITOS HORRENDOS ME DESPIERTAN.

—¿Dónde están? —alguien grita. La pregunta es demasiado familiar, y ahí es cuando me doy cuenta de que Richard ha vuelto.

—Yo... —dice mi madre, pero no escucho todo lo que agrega.

—¿Las tomaste? ¡Me estás tomando el pelo! —Richard grita de vuelta.

—Necesitaba un poco. Lo siento.

—¿Dónde está el dinero de eso?

—No tengo nada —dice, sollozando.

Sacudo la cabeza, sintiendo un fuerte dolor de cabeza. Me levanto, yendo a la habitación de Ethan. Él no debería tener que escuchar esto.

Abro su puerta un poco, encontrándolo todavía dormido. Lo miro por un instante, deseando poder hacer mucho más para protegerlo.

Enciendo la bocina que guardamos junto a su mesita de noche. George estaba a punto de tirarla a la basura, así que le pedí que se la diera a Ethan. Ethan estaba realmente emocionado de tener algo para escuchar música. Estaba emocionado de tener algo que ahogaría el ruido justo afuera de su puerta, como los gritos y alaridos que se escuchan en este momento.

Encuentro una de sus canciones favoritas en un viejo iPod que me regaló Tyler y la pongo a sonar. No subo el volumen porque no quiero despertarlo.

Cerrando su puerta, camino en silencio escaleras abajo.

—¡Apártate de mí! —Richard grita. En la cocina, me disgusta la escena que me encuentro. Mi madre está de rodillas, agarrada a la pierna de Richard como si de ello dependiera su vida.

Está sollozando tanto que tiene el rímel todo chorreado por las mejillas.

—¡No te vayas! Te conseguiré algo de dinero. Lo prometo —suplica ella.

—¡Quítate! —Cuando ella niega con la cabeza, él comienza a caminar hacia la sala de estar, arrastrándola con él.

—¿Pueden ambos dejar de gritar? —Digo con voz baja. No quiero aumentar el ruido, despertar a Ethan.

Richard se da vuelta y me mira.

—¡No te metas en lo que no te importa, idiota!

—Gilipollas —digo en voz baja. Miro a mi madre, pero ella ni siquiera me voltea a ver.

—¡Quítate que me estorbas! —Richard dice, mirándola, pero sus palabras están dirigidas a mí. Él separa las manos de mi madre de su pierna, empujándola tan fuerte que golpea la pared con un ruido sordo.

Agarrando en mis puños la camisa de Richard, me pongo muy cerca de él, ansioso por comenzar una pelea. De nuevo.

—No vuelvas a tocarla nunca más —digo cada palabra lentamente mientras espero que él recuerde quién estaba rogando por aire la última vez.

—¿O qué? —escupe de vuelta—. ¿Qué harás?

Dice esto con un aire de confianza, una sonrisa petulante, y levanto mi brazo hacia atrás, listo para tumbarle los dientes que le quedan.

Estoy atónito cuando mi madre me pasa los dedos por la muñeca y me aprieta.

—Detente, Aron.

Mis ojos se dirigen hacia ella por un segundo antes de volverme hacia Richard.

—Sal de nuestra casa y nunca vuelvas —le digo. Saber que mi madre todavía está parada justo detrás de mí me da la seguridad de que finalmente ha visto a través de su acto, puede ver el mal que él trae.

—No te atrevas a hablarle de esa manera.

El tono de mi madre es bajo, peligroso, me ha agarrado con la guardia baja; nunca la había escuchado hablar así antes. Me doy vuelta, atónito al ver que me está hablando como si yo fuera el enemigo.

—Es un pedazo de mierda —le digo, tratando de llegar a ella.

Ella me golpea con fuerza en la cara, el sonido hace eco en las paredes.

Cierro los ojos y respiro hondo. Reteniendo las lágrimas.

No por la bofetada, sino por lo que confirma. A mi madre no le importo una mierda. Lo único que le importa es él y sus drogas.

—Volveré más tarde —dice Richard con satisfacción en su voz. Mi madre le ruega que se quede, pero a juzgar por el sonido del portazo, creo que sus súplicas no tienen respuesta. Me quedo allí, preguntándome qué le pasó a la mujer que solía conocer.

—Hijo —dice ella, su voz tiembla mientras se aleja de la puerta cerrada y me mira.

Sacudiendo mi cabeza, empiezo a caminar de regreso hacia las escaleras.

Ella lloriquea, sorbiendo por la nariz.

—Lo siento mucho —dice con la voz quebrada.

Su disculpa me hace estremecer; estoy experimentando déjà vu. Lamentablemente, hemos pasado por esto antes. La miro por última vez y veo el arrepentimiento pintado en su rostro.

Lástima que no sea suficiente. Ya no lo es.

—Siempre dices lo mismo.

5

LAS LÁGRIMAS RUEDAN POR SUS MEJILLAS, PERO ELLA NO
DICE NADA.

—¿PODEMOS PARAR A TOMAR UN HELADO? —ETHAN
pregunta en el momento en que se mete en el asiento
trasero del viejo auto de mi papá. Es lo único que dejó
atrás el día que nos dejó.

A veces todavía no puedo creer que hayan pasado casi
diez años. Lo recuerdo como si fuera ayer...

*Mi mamá estaba embarazada de Ethan, se veía resplande-
ciente de alegría. Recuerdo su largo cabello ondeando al viento
mientras organizaba un picnic en el patio. Quería sorprender a
mi papá con eso cuando llegara a casa del trabajo. Yo tenía
siete años, pero estaba tan emocionado de comer bocadillos y
pasar tiempo con mis padres.*

*Para ser honesto, estaba un poco celoso de que otro niño estu-
viera en camino. Quería ser el único niño, el único hijo. No
quería compartir el amor de mis padres. Entonces, estaba aprovechando todo el tiempo que podía tener con ellos antes de que
llegara el bebé y me los quitara. Sabía cómo se ponen los*

padres con un nuevo bebé. Lo comparé con mi reacción cuando obtuve un juguete nuevo: los viejos olvidados.

Corrí hacia la puerta en el momento en que vi el auto de mi papá llegar a la entrada. Grité ansiosamente su nombre, pero no me escuchó. Parecía diferente de alguna manera, parecía triste. Le pregunté cómo había ido su día, pero él me ignoró. Simplemente colgó su abrigo, dejó su maletín y caminó directamente hacia el patio.

Lo seguí hasta que me dijo que subiera y jugara.

Le rogué que me dejara ir afuera, pero él dijo que no.

No quería perderme la comida y quería jugar con ellos. Pero mi padre dejó en claro que debía quedarme dentro de la casa y no salir a menos que él lo dijera. Yo estaba confundido. Mi padre nunca me había hablado así antes. Me preguntaba si el efecto del bebé ya se había apoderado de él; ni siquiera estaba fuera del estómago de mi mamá todavía. ¿Querían estar juntos, sólo ellos tres?

No subí a mi habitación de inmediato. En cambio, me quedé junto a la ventana de la cocina, tratando de ver qué estaba pasando en el patio.

Vi que los ojos de mi madre se iluminaban cuando ella se levantó tambaleándose de la manta que había puesto en el piso, lista para abrazarlo y darle la bienvenida a casa.

Él evitó su beso, volteando su cara.

—GRACIAS POR TRAERME A COMER HELADO —ETHAN DICE
el momento en que llegamos a casa.

Le muevo el pelo con cariño mientras digo—: No hay
problema amigo.

—Deberíamos hacer eso todos los días —dice con una
sonrisa.

Sí, *claro*—. No te voy a comprar helado todos los días.
Quizás una vez a la semana. Podemos hacer helados los
viernes.

—Eso me parece muy bien —dice con una sonrisa.

Sacudo la cabeza cuando me doy cuenta de que me ha
engañado.

—Veo lo que hiciste allí —le digo con orgullo. Será un
gran negociador. Me pregunto qué querrá estudiar en el
futuro. Me pregunto en quién se convertirá.

—Tienes que ser más inteligente que yo —dice,
dándome palmaditas en la espalda.

Asiento con la cabeza.

—Estoy de acuerdo. No puedo dejar que me engañes así.
—Subo los escalones hasta la habitación de Ethan de dos
en dos y cuando me doy vuelta, lo veo haciendo lo
mismo. Me está imitando, haciendo lo que yo hago.

Trabajando en esa teoría, sigo los pasos uno a la vez, sonriendo cuando lo veo copiándome de nuevo.

Él quiere ser como yo, lo que me hace querer ser mejor. Para él.

Cuando llegamos a la cima de las escaleras, caminamos directamente a su habitación para comenzar su tarea.

—Nada más voy a cambiarme —le digo—. Vuelvo enseguida.

Dejo que Ethan saque sus libros mientras voy a mi habitación y me pongo algo más cómodo. Agarrando los libros y cuadernos que necesito para mi tarea, camino hacia la habitación de Ethan.

Estoy a punto de abrir la puerta de la habitación cuando escucho el sonido del agua corriendo. No pienso en nada hasta que veo un pequeño charco de agua frente a la puerta de la habitación de mi madre.

Maldiciendo por lo bajo, dejo los libros en una pequeña mesa y en su lugar camino hacia su habitación.

Entro en una habitación inundada, mi exasperación aumenta.

—¿Mamá? —la llamo—. ¿Jennifer?

Tal vez ella responda a eso en su lugar. Después de esperar unos segundos más, giro la perilla y entro al baño...

Donde encuentro a mi madre en el suelo.

Moviéndome rápidamente, cierro la llave del agua de la ducha y luego verifico el pulso de mi madre.

Es débil, pero está ahí.

La sacudo para intentar despertarla.

—¿Mamá? —Echo un vistazo detrás de mí para asegurarme de que la puerta esté cerrada. No quiero que Ethan venga aquí. No necesita ver esto—. ¡Mamá!

Ella no responde.

Miro hacia abajo y encuentro una botella vacía de Oxy en el suelo. Hay algunas píldoras dispersas, pero la mayoría se han ido.

Ella debe haberlas tomado todas.

Mierda.

—¿Qué debo hacer? —Pregunto en voz alta. Necesito sacar las drogas de su cuerpo. Girándola de costado, le abro la boca y empujo mis dedos por su garganta hasta que comienza a tener arcadas. Convulsionando, vomita y cuando termina, lo hago una y otra vez hasta que siento que no queda nada en su estómago.

Durante unos minutos agonizantes no sé si lo que he hecho sea suficiente.

Pero luego un poco de color vuelve a su rostro y sus ojos se abren.

—¿Aron? —dice.

—Estoy aquí —aseguro.

Con un gruñido, la levanto del piso y la ayudo a subir a la bañera.

Todavía vestida, abro la llave del agua, observándola caer sobre ella, lavando la evidencia.

Me mira y veo la decepción en su rostro. Es la misma decepción escrita en la mía.

Confiando en que pueda sentarse sin ayuda, tomo algunas toallas de debajo del fregadero y comienzo a secar el piso.

—Sácame de aquí, Aron —dice ella después de unos minutos.

Cerrando la llave del agua, la seco con una toalla sobre su ropa luego la ayudo a ir a su habitación. Agarrando uno de sus viejos camisones de su armario, lo pongo a su lado y luego termino de limpiar el piso del baño. Cuando salgo, encuentro a mi madre en la misma posición en que la había dejado, con los ojos bajos y las lágrimas cayendo por su rostro.

—¿Puedes vestirte? —le pregunto, las toallas mojadas en mis brazos.

Ella no responde, pero estoy demasiado enojado para intentarlo más. Camino hacia la puerta.

—Lo siento —dice ella mientras giro el pomo y salgo.

Tirando las toallas a la lavadora, me dirijo a mi habitación para cambiarme la ropa mojada antes de volver a la habitación de Ethan.

—¿Qué te tomó tanto tiempo? —pregunta en el momento en que entro por la puerta.

Forzo una sonrisa.

—No podía encontrar mi cuaderno.

—Realmente necesitas ponerte listo, hermano —bromea.

—Eso es lo que necesito —le digo, revolviendo su cabello.

Sentado en la silla junto a él, trabajamos en su tarea y la mía por el resto de la noche. Voy abajo para agarrarle un bocadillo y luego algo de cenar. Cuando se duerme, me quedo en la habitación con él.

Sé que incluso si lo intento, no podré descansar esta noche.

6

¿QUIÉN PENSARÍA QUE ELLA NECESITABA TOCAR FONDO
PARA PODER LEVANTARSE?

—¿QUIERES DESAYUNAR HUEVOS REVUELTOS? —MI MADRE me pregunta por segunda semana consecutiva. En serio, la segunda semana. La estudio por unos minutos, asombrado por el progreso que ha logrado.

El día después de que encontré su cuerpo casi sin vida en el piso del baño, se disculpó conmigo.

Lloró.

Me abrazó

Estaba enojada consigo misma.

Finalmente entendió lo que nos estaba haciendo, y aunque sé que debe haber sido una realización terrible, es lo que necesitaba. Las experiencias cercanas a la muerte tienden a dar a las personas la llamada de atención que necesitan.

—Estoy bien, gracias —le digo.

—¿Estás seguro? Debes asegurarte de que estás comiendo bien para poder jugar —me dice.

Miro a Ethan, que felizmente come sus huevos revueltos y juega con su iPod. Aunque puede que no sepa todas las cosas terribles que han sucedido, incluso él puede sentir que el aire es más ligero, que todos somos más felices.

—Ya no estoy en el equipo de fútbol —le digo, viendo caer su expresión.

Asiente para sí misma.

—¿Es mi culpa, verdad?

Miro a Ethan.

—No —respondo, pero los dos sabemos que es mentira.

Rodea la mesa de la cocina, jugando con mi cabello como lo hizo cuando yo tenía seis años.

—Lo siento, hijo.

—Está bien.

—No, no lo está.

—No, no lo está —estoy de acuerdo—. Pero ahora estás mejor.

Y lo está. Ella no ha estado usando drogas, ha estado yendo a reuniones grupales y Richard no ha estado aquí ni por asomo. Creo que las cosas finalmente están empezando a mejorar para nuestra familia. ¿Quién hubiera pensado que necesitaba tocar fondo antes de levantarse?

Besa la parte superior de la cabeza de Ethan en el gesto más tranquilo que he visto en años.

—Bueno, ya que estoy mejor ahora, ¿qué tal si vuelves a jugar? —Me pregunta y sus ojos se iluminan.

Yo sacudo la cabeza, no creo que hayamos llegado a ese punto.

—No creo que sea necesario.

—¿Te gusta? —pregunta y yo asiento—. Entonces inténtalo de nuevo. Estoy segura de que el entrenador te dejaría jugar. ¿Eres algo...? —Ella se detiene antes de terminar la oración. Ella no sabría si soy bueno en el fútbol porque nunca ha estado en ninguno de mis partidos. Cuando era más joven, fue mi papá quien jugó conmigo y me enseñó, pero, incluso entonces, a ella nunca le interesó.

—Hablaré con el entrenador —le respondo. No quiero que esté triste. No quiero que piense en sus fracasos, no cuando le va tan bien, no cuando Ethan finalmente tiene una madre que le está prestando atención.

—¡Excelente! Déjame saber lo que dice —dice con entusiasmo y luego le pregunta a Ethan—: ¿Estás listo, niño?

—¿Listo para qué? —Ethan pregunta, finalmente separando la vista de su juego.

—¿La escuela? ¡Tenemos que irnos! —ella dice, tomando los platos vacíos de la mesa.

Ethan me mira y luego vuelve a mirar a mamá.

—Aron generalmente me lleva a la escuela.

—Sí, no me importa llevarlo —repito. Ese ha sido mi papel por un tiempo y admito que se siente extraño dejarla tomar el control. A pesar de los progresos realizados, aún debo ser cauteloso.

—¿Qué tal si tu llevas a Ethan y yo lo recojo? —mi madre sugiere y aunque quiero hacer ambas cosas, decido darle una oportunidad.

7

CADA DÍA VEO MÁS Y MÁS DE LA MUJER QUE SOLÍA SER.

LE DI UN PAR DE SEMANAS ANTES DE PREGUNTARLE AL entrenador si podía volver a formar parte del equipo. Quería dar tiempo antes de dejar a Ethan solo con mamá. Me da vergüenza decir que no confiaba en ella. No creía que ella realmente estuviera mejor. Ella había prometido mejorar antes, fallando cada vez, así que no pensé que esta vez sería diferente.

Todos los días, esperaba que volviera a ser como hasta hace poco, pero no ha sucedido.

Han pasado meses, y ella todavía se levanta temprano cada mañana y tiene el desayuno listo antes de que Ethan y yo nos despertemos. Ella lo ha estado llevando a la escuela y lo recoge por las tardes.

No se ha perdido una sola recogida en la escuela. Tampoco ha tardado en recogerlo. Incluso Ethan está haciéndolo mejor en sus clases.

Anoche, llegué a casa después del entrenamiento y los encontré a los dos dormidos en el sofá, Toy Story reproduciéndose en el fondo.

Sentí una punzada en el pecho, alejándola casi de inmediato. Sabía que era un destello de celos porque extrañaba tener a *esa* mamá. Entonces, sí, después de darme cuenta de que estaba en la carreta a largo plazo, decidí volver a entrenar fútbol.

George me toca en el hombro en el momento que nos estamos preparando para jugar mi primer partido de vuelta en el equipo, una sonrisa dividiendo su rostro en dos.

—¡Chico, estoy tan feliz de tenerte de vuelta en el equipo!

—Sí, bueno, parece que los extrañé demasiado como para alejarme —le digo con una sonrisa propia. Se siente muy bien estar de vuelta.

—Amigo, íbamos de mal en peor sin ti aquí. El mariscal de campo de reemplazo nunca debería volver a ver una cancha ni en fotos —dice Tyler y yo me río. No están equivocados. El mariscal de campo de reemplazo es tan malo que los muchachos se negaron a llamarlo por su nombre real.

—Todo empezará a cambiar —les aseguro. Puede que me haya perdido un par de partidos, pero nada podría ser tan malo que no se pueda solucionar. Quiero decir, mira a mi mamá. Nunca pensé que cambiaría su vida y volvería a estar en un buen lugar, pero lo está.

—¡Seremos los mejores! —George grita y uno de los otros muchachos lo choca cinco con él en respuesta.

—¿Estamos listos para esta noche? —grito, lo suficientemente fuerte como para que todos los chicos lo escuchen.

Todos me miran.

—¡Si!

—¿Qué vamos a hacer? —grito una vez más, participando en el ritual que generalmente hago antes de nuestro juego.

No me había dado cuenta de cuánto lo había extrañado hasta este mismo momento.

—¡Vamos a ganar! —todos contestan al unísono.

—¿Vamos a qué?

Golpeando los casilleros, gritan—: ¡GANAR! ¡GANAR! ¡GANAR!

TAN PRONTO CUANDO SE ACABA EL TIEMPO, CORRO directamente a donde están sentados Ethan y mi mamá. Estoy experimentando un subidón como nunca antes. El otro equipo no supo ni qué les pasó por encima, incluso nuestros equipos especiales anotaron. Los muchachos salieron e impusieron sus reglas en la cancha.

Ganar este partido y hacer lo que me encanta otra vez no es la única razón por la que no puedo borrar la sonrisa de mi cara. Lo mejor viene de ver a Ethan y a mi mamá en las gradas animándome. Verlos me motivó a jugar el mejor partido de mi vida. Nunca pensé que quería a alguien en mi esquina. No pensé que agradecería tener un padre al que abrazar al final del juego, pero hoy me di cuenta de que siempre he querido todas estas cosas, pero nunca pensé que serían posibles.

Cuando me acerco a ellos, los encuentro a ambos vistiendo los colores de la escuela, riendo juntos, ambos increíblemente felices.

—Hola —les digo con una sonrisa.

Siento las delicadas manos de mi madre rodear mi cuerpo mientras me abraza. Le devuelvo su abrazo como no lo había hecho en años.

—Eres tan bueno, Aron —dice ella, sosteniéndome a la distancia de un brazo, con el orgullo brillando en sus ojos. Veo a la madre que tanto amaba cuando era más joven.

—¡Gracias, mamá! —respondo.

—¡Así se hace, Linc! —Ethan grita, y me agacho para abrazarlo también.

Le muevo el pelo.

—¡Gracias, amigo!

Alguien me da una palmada en la espalda y cuando me doy la vuelta, veo a George parado allí.

—¡Hermano, vamos a tener una pequeña celebración en mi casa!

Sacudiendo la cabeza, digo—: No, estoy bien, quiero irme con mi familia.

Una pequeña celebración para George es el código para una gran fiesta.

—¡Deberías ir a celebrar! —dice mi madre, y yo la miro.

Sacudiendo la cabeza, digo—: Voy a pasar el rato con Ethan esta noche.

—¡Vamos chico! Todo el equipo estará allí y tú eres el mariscal de campo otra vez. ¡Tenemos que celebrar y no podemos hacerlo sin ti! —George me presiona.

Mamá mira a Ethan y luego a mí. Sus ojos se iluminan.

—¿Qué tal si vas a la fiesta y mañana, tú, Ethan y yo podemos tener nuestra propia celebración?

—¿Estás segura, mamá? —pregunto.

—¡Por supuesto!

—¿Está bien con eso, amigo? —le pregunto a Ethan.

El asiente.

—¡Sí! —él responde y luego se vuelve hacia mamá—. ¿Mamá, podemos ver Toy Story 2 esta noche?

—¡Por supuesto que podemos!

—Está bien, está decidido entonces —dice George y sacudo la cabeza.

Le doy a Ethan y a mamá un abrazo.

—Gracias por venir a verme jugar. Los veré más tarde.

8

ELLA ME LO PROMETIÓ.

EL EQUIPO ESTÁ EN RACHA. DESDE QUE COMENCÉ A JUGAR hace más de tres semanas, hemos ganado todos los partidos. Puede que no lleguemos al campeonato, pero lo vamos a intentar. Tomo un sorbo de la cerveza que estoy sosteniendo mientras nos sentamos en la sala de estar de George celebrando la victoria.

Sintiendo que mi bolsillo vibra, saco mi teléfono y atiendo la llamada.

—¿Linc? —La voz de mi hermano menor llega del otro lado de la línea.

—¿Qué está pasando? —Le pregunto, poniendo la botella de cerveza en la mesa frente a mí.

—Richard ha vuelto y creo que él y mamá están peleando —dice, con la voz quebrada. Puedo decir que está tratando de no llorar mientras escucha por teléfono.

Me levanto, alejándome del ruido de la fiesta.

—¿Dónde estás?

—Estoy en el armario —susurra. Al menos no puede verlo. Desearía yo nunca haberlo visto.

Intento calmar mi voz para que no sienta el miedo que me está superando.

—Bien, quédate allí —le digo.

—¿Aron? Tengo miedo —susurra. Esa pequeña voz, la voz de un niño que ha pasado por mucho más de lo que debería a su edad, me hace correr en dirección a mi auto. Debería haberme quedado en casa. Me odio por no ver que esto sucedería. Por otra parte, pensé que esta vez ella había cambiado.

—Está bien, amigo; solo quédate en el armario. —Intento reducir la ira, luchando contra las lágrimas que amenazan con derramarse.

No puedo creer que esto vuelva a suceder.

—Ahora están gritando —me dice. Mientras narra cada escena horrible, no deseo nada más que protegerlo de todo este desastre.

—¿Qué hiciste después del partido? —Pregunto, tratando de distraerlo.

—Mamá y yo vimos Toy Story 2 —dice. Hace una pausa y luego agrega—: Algo se rompió.

Salgo corriendo hacia mi auto. Me encuentro con gente mientras me muevo entre la multitud, pero no me importa. Tengo que llegar a mi hermanito.

—Escúchame, ¿de acuerdo? Solo quédate en el armario y piensa en lo que pasó en Toy Story. ¿Puedes decirme qué pasó en la película?—

Empieza a contarme su escena favorita cuando abro la puerta del conductor y entro. Giro la llave de encendido y el motor retumba. Poniendo el auto en marcha, salgo del camino de entrada.

Tengo un enfoque: proteger a Ethan.

Y nada ni nadie se interpondrá en mi camino. Ya no.

Me paso cada luz roja que me encuentro, sabiendo que no es seguro, sabiendo que estoy arriesgando no solo mi vida, sino también otras.

Pero no me importa.

Protegí a Ethan de todo lo que pude. He vivido mi vida como su guardaespaldas, evitando que vea la forma en que nuestra madre ha estado desperdiciando su vida dependiendo de las drogas y convirtiéndolas a *ellas* en su relación más importante.

Al menos pudo ver el lado bueno de mamá: la madre cariñosa y consentidora que le preparó el desayuno y le empacó lunch para la escuela.

Yo tuve la mamá que caminaba por las puertas cada dos días con lágrimas en los ojos, prometiendo que cambiará después de que se entregará al vicio una vez más. Obtuve la versión que me prometió que estaría sobria y volvería a ser la madre que una vez conocí, supongo que no funcionó.

Tomo una vuelta a la izquierda en mi calle, conduciendo tan rápido como puedo. Los sonidos a mi alrededor se silencian cuando dejo que mi necesidad de llegar a Ethan me alimente.

Dijo que las cosas entre ella y ese bastardo habían terminado.

Ella se estaba limpiando. Ella estaba tratando de encontrar un trabajo, tratando de ser una mejor persona.

Ella me lo prometió.

Ella mintió.

9

LAS LUCES ROJAS Y AZULES PARPADEAN DETRÁS DE MÍ, Y SÉ que debería parar.

Pero no lo hago.

Sigo conduciendo, las luces se mueven cada vez más cerca antes de desaparecer. Al detenerse junto a mí, el oficial de policía ni siquiera me mira. En cambio, él acelera, cortando enfrente de mí bruscamente. Creo por un segundo que va a pisar los frenos, lo que me hará chocar con él, pero no muestra que vaya a hacer eso.

Tomo eso como mi señal para seguirlo; él despejará el camino para que pueda llegar a mi destino lo más rápido posible.

Marco el número que Ethan había usado para llamarme una vez más, pero va directamente al correo de voz.

Sigo conduciendo, atónito al ver que la policía conduce en la misma dirección que yo, incluso girando hacia mi calle.

En el otro extremo, veo un montón de luces rojas y azules intermitentes.

Tirando del volante, detengo el auto y salgo. Corro hacia mi casa.

Mierda.

—¿A dónde vas? —uno de los oficiales que está parado afuera de mi casa grita.

—¡Detente! ¡Oye! ¡Alto ahí! —alguien más grita, pero nada me detiene.

Llego a la puerta de entrada donde encuentro cinco oficiales más impidiéndome entrar a mi casa.

—No se puede entrar allí —dice uno de ellos.

Claro que puedo. Esa es mi casa.

—Mi hermano —les digo, mi tono recortado.

—¿Hay un niño allí? —pregunta otro policía, claramente sorprendido.

Me abro paso entre ellos, *a la mierda las consecuencias*, y corro directamente hacia mi habitación, justo al lugar donde sé que mi hermano se está escondiendo.

—Ethan —susurro. No quiero asustarlo más de lo que está.

Escucho murmullos antes de que la puerta del armario se abra un poco.

—¿Linc, eres tú? —pregunta una voz frágil y suspiro de alivio.

—Sí, E. Soy yo —le aseguro—. Puedes salir ahora.

—¿Estás seguro?

Respiro profundamente, tratando de mantener a raya mis emociones.

—Sí, todo está bien ahora. —No sé si eso es cierto, pero él está bien y eso es todo lo que me importa.

Él asoma su cabeza fuera del armario, mirando a su alrededor. Con cautela, sale del armario, dando pasos lentos al principio, luego más rápidos mientras corre hacia mis brazos.

Aprieto mi agarre, como si no pudiera verlo nunca más.

No sé qué habría hecho si le hubiera pasado algo.

—Estás bien, amigo.

—Vamos a necesitar que ustedes dos vengan con nosotros —dice alguien a mi espalda.

Miro hacia atrás para ver a un hombre con uniforme azul mirándonos. Sus ojos están llenos de lástima y es entonces cuando recuerdo la manada de oficiales afuera.

—¿Qué pasó? —pregunto, levantándome de mis cuclillas.

—Necesitamos hacerte algunas preguntas —dice el oficial, y es entonces cuando me doy cuenta de que esto está lejos de terminar.

—¿A DÓNDE VAS? —PREGUNTA ETHAN.

Estamos en la estación, y puedo decir que Ethan está cada vez más estresado con lo que está sucediendo.

—Tengo que hablar con el hombre de antes. Sólo tomará un par de minutos.

—¿Está todo bien? —pregunta de nuevo. No sé lo suficiente como para tener una respuesta, y no estoy seguro de poder decírselo, aunque lo supiera.

—Sí —miento de nuevo—. Ya vuelvo.

—¿Me lo prometes? —insiste y siento que estoy mirando la versión más joven de mí.

Asiento con la cabeza—: Lo prometo.

—Está bien —acepta, confiando en mí en mi palabra. Nunca lo dejaré atrás. Nunca le romperé una promesa. No seré como nuestra madre.

Una oficial mujer, que ha estado esperando con nosotros, pone en la mesa un rompecabezas y le pide a Ethan que se una a ella.

Mi hermano me mira para confirmar.

—Adelante —le digo—. Apuesto a que lo terminarás antes de que regrese.

Ethan se muerde el labio inferior, considerando sus opciones antes de sentarse con cautela en la mesa. La oficial comienza a preguntarle sobre la escuela y qué le gusta hacer. Como lo haría cualquier niño, Ethan se encuentra ansioso por responder a todas sus preguntas, la preocupación anterior se ha ido.

—¿Crees que podemos vencer a tu hermano mayor y hacer esto antes de que regrese? —pregunta la mujer señalando el rompecabezas, Ethan asiente con entusiasmo.

Confiado de que Ethan estará bien, salgo de ahí.

—Estará bien —me dice el oficial que me escolta—. Los niños son resistentes.

Entumecido, sólo lo miro fijamente. Por supuesto que diría eso. A lo mejor ha visto exactamente lo mismo cien veces. Y eso me enoja. Determinado. Independientemente de lo que tenga que hacer, Ethan estará bien. No dejaré que nada lo lastime, ni permitiré que nadie destruya su infancia como lo fue la mía.

Me muestra una pequeña sala.

—Soy el oficial Álvarez. —Él extiende su mano y la estrecho. Haciendo un gesto detrás de él, dice—: Y este es el oficial Jones. Si puedes tomar asiento, por favor.

Como si no tuviera el control de mis propios pies, me muevo hacia la mesa y me siento. Él también se sienta, y otro policía, a quien recuerdo vagamente de mi casa, entra y cierra la puerta. Miro a mi alrededor. Estamos en una sala de interrogatorios, una sala generalmente reservada para los que supongo que son perpetradores. Empiezo a preocuparme si estoy en problemas.

—¿Está todo bien? —pregunto, sintiendo la misma vulnerabilidad que Ethan.

—Lo estará —me asegura el oficial.

—Hijo, respondimos a una llamada en tu casa.

Al apresurarme para asegurarme de que Ethan estaba bien, ni siquiera me di un momento para pensar en lo que había causado que todos los policías estuvieran en mi casa en primer lugar. Quiero decir, Ethan me dijo que mamá y Richard estaban peleando, pero eso no es nuevo. Gritan, pelean y arrojan mierda, pero los policías nunca se muestran.

—¿Mi madre está bien? —pregunto. Puede que no piense que es una buena madre, pero no soy cruel. Al fin y al cabo ella fue quien nos parió. Y fue, en algún momento, una madre decente antes de la adicción y de que Richard consumiera su vida.

—Ella está en el hospital —dice.

—¿Qué hizo ese bastardo? —le pregunto, levantándome tan rápido que mi silla se vuelca y cae detrás de mí.

El oficial Álvarez se pone de pie también, caminando para recoger mi silla.

—Respondimos a una llamada sobre una sobredosis de heroína.

—¿Mi madre tuvo una sobredosis? —Mis palabras salen en un susurro. Estaba gritando por teléfono cuando Ethan llamó. ¿Cómo pudo haber tomado una sobredosis en el tiempo que me llevó llegar a casa?

Él pone mi silla hacia atrás, asintiendo con la cabeza, me siento.

—Pudimos traerla de vuelta con Narcan.

Mi madre había muerto.

—¿Dónde está Richard? —pregunto.

—¿Quién es Richard?

Me paso los dedos por el pelo.

—El novio de mi madre. —*Quien pensé que estaba fuera de nuestras vidas para siempre.*

—Cuando nos presentamos en la casa, era solo tu madre tirada en el piso de la cocina. —Las imágenes que pinta seguramente me perseguirán toda la vida. Miro al oficial Jones parado en silencio detrás de él.

—Recibimos una llamada anónima y eso es a lo que respondimos —agrega.

Llamada anónima, sí cómo no. Ese fue Richard, demasiado cobarde para quedarse y ayudar a la mujer con la que traficaba drogas durante años.

—Hijo, tenemos un par de preguntas para ti —dice Álvarez, y me doy cuenta de que soy yo quien les ha estado preguntando en su mayor parte.

Asiento con la cabeza.

El oficial Álvarez abre una carpeta manila y desliza algunas fotos hacia mí.

—Cuando respondimos a una llamada, las encontramos en la mesa de la cocina —dice, tocando las fotos con el dedo índice. Miro hacia abajo y veo algunas bolsas de lo que sé que es cocaína y heroína.

—¿Tu madre consume drogas a menudo? —él pregunta y considero cómo debería responder—. Aron, esto es importante.

Sé a lo que están jugando.

—Sé que no quieres meter a tu madre en problemas, pero podría haber muerto esta noche. Ella necesita ayuda, y tú y tu hermano también.

Asiento ante la mención de mi hermano.

—¿Ella las vende? —él pregunta.

—No creo que lo haga. Pero estoy seguro que Richard sí las vende. —digo, arrojándolo al ring sin importarme qué le pase, él se lo merece. En este momento, literalmente lo empujaría frente a un autobús en movimiento por todos los daños que ha traído a nuestras vidas.

—¿Crees que tu madre es una adicta? —pregunta y me río con amargura. Ha sido adicta por años, cualquiera puede notarlo.

—¿Aron?

La sonrisa irónica se pinta en mi cara—: Sí.

El policía se frota la barba y me mira con ojos compasivos.

—¿Qué va a pasar ahora? —pregunto.

Vuelve a colocar las fotos en la carpeta.

—No estoy seguro. No creo que tu madre se enfrente a la cárcel, pero tendrá que ir a rehabilitación. —*¿Rehabilitación?* Me pregunto si funcionará. Se parecía a su antiguo yo en los últimos meses. Quizás con ayuda ella podría ser así permanentemente.

—Es probable que el juez de la corte de lo familiar descubra que no está en condiciones de cuidarlos hasta que termine el programa y demuestre que no está poniendo en peligro a sus hijos.

—¿No está en condiciones de cuidarnos? —repito. Si esas palabras no son evangelio, no sé qué son.

—El tribunal le quitará la custodia tuya y de tu hermano.

Si el tribunal dice que ya no puede tenernos...

—¿A dónde vamos a ir? —termino mi pensamiento en voz alta.

—¿Está tu padre en sus vidas?

—No he sabido nada de mi padre en años. Podría estar muerto por lo que sé.

Él frunce los labios como si lo que acaba de escuchar es desagradable.

—¿Tienes algún otro familiar? El tribunal puede otorgarles la custodia temporal si pueden proporcionar un entorno seguro para ambos. —Callo los pensamientos en mi cabeza, enfocándome específicamente en dónde Ethan y yo podríamos ir. No hay nadie del lado de mi padre.

—Tengo una tía —le digo—. Es hermana de mi madre.

Éramos muy cercanos. Solía llevarnos a su casa los fines de semana de vez en cuando. Entonces, algo sucedió entre ella y mamá y todo lo que recuerdo es que ella salió de nuestra casa con lágrimas en los ojos después de dejarnos. Me metió un trozo de papel en el bolsillo ese día y me dijo que la llamara si alguna vez necesitaba algo, que la llamara si alguna vez me sentía inseguro.

Nunca lo hice.

Pensé que las cosas mejorarían.

Estaba equivocado.

10

NO ESTAMOS VIVIENDO LA VIDA QUE SE SUPONÍA QUE
DEBÍAMOS VIVIR.

—¿QUÉ PASA AHORA? —ALGUIEN PREGUNTA DESDE AFUERA de la puerta. Estoy sentado dentro de la misma sala a la que Ethan y yo fuimos conducidos por primera vez, viéndolo tomar uno de los autos de carreras más pequeños de la canasta provista por la policía, y navegando por una pista improvisada.

—Los muchachos están allí —dice el oficial Álvarez y mis oídos se ponen atentos.

Miro a Ethan, moviéndole su cabello.

—Ya vuelvo —digo, poniéndome de pie. Si alguien va a hablar sobre lo que nos va a pasar, tengo que ser parte de eso.

Salgo de la sala y me encuentro cara a cara con Álvarez. A su lado hay alguien que no he visto en mucho tiempo. La mujer se parece a mi madre, bueno, como era mi madre antes de las drogas. Tiene el pelo largo y oscuro, rasgos faciales suaves y es más baja que yo por lo menos unos treinta centímetros. Se vuelve hacia mí y me encuentro con los ojos color avellana de mi tía Eve.

—Oh, Dios mío —dice ella, abrazándome. No le devuelvo su abrazo, sólo me quedo ahí quieto.

Ella debe sentir mi vacilación porque deja caer sus brazos al instante.

—No te he visto en mucho tiempo.

Asiento con la cabeza.

—Han pasado unos años.

—Ustedes han crecido mucho —dice ella, y puedo escuchar el arrepentimiento en su voz. Me pregunto qué lamenta ella. Probablemente el dejarnos con mi madre. Me pregunto si ella lo sabía.

—¿Qué va a pasar ahora? —Hago la misma pregunta que supongo que Eve hizo, cambiando mis ojos de ella a Álvarez, que observa el encuentro con interés.

Se rasca la cabeza.

—Después de terminar con el papeleo Ethan y tú se van a ir a casa de tu tía. —Se detiene y puedo decir que se siente incómodo—. Si ella quiere, claro.

—¿A nuestra casa? —pregunto.

—No. Regresarías a *su* casa.

Espero a que se oponga, a que diga que no puede dejarnos entrar a su casa. Estoy esperando que ella cierre la puerta a toda la idea y que Ethan y yo nos quedemos solos, como siempre ha sido.

En cambio, ella dice—: ¡Por supuesto! —No hay una pizca de vacilación—. ¿Qué tengo que hacer para tenerlos viviendo conmigo? ¿Dónde está Ethan?

—Sólo tiene que completar un formulario y deberíamos tener la aprobación pronto —dice Álvarez.

—Ethan está jugando con algunos juguetes en este momento —agrego, respondiendo a su pregunta.

Ella mira hacia la puerta por la que había salido hace unos minutos, la preocupación arruga su frente.

—¿Sabe él lo que está pasando?

Sacudo la cabeza.

—No tiene ni idea, no sabía cómo decírselo. No *quiero* decirle, no hasta que sepa lo que va a pasar.

No hasta que descubra cómo protegerlo.

—Está bien, lo iré a ver en unos minutos. Quiero hacer todo el papeleo para que podamos salir de este lugar lo más rápido posible —dice, mirando alrededor de la estación de policía. ¿Cómo es posible que ella parezca tan calmada cuando mi madre se está desmoronando?

—¿Qué pasará después? —presiono. Sé que he hecho preguntas similares antes, pero aún no está claro.

Eve lleva su mano a mi mejilla, algo que mi madre también me hacía.

—Lo resolveré todo y luego hablaremos de ello en la casa. No te preocupes por eso.

Sé que piensa que decirme que no me preocupe es lo que necesito en este momento, pero eso no podría estar más lejos de la verdad. Necesito respuestas.

Sintiendo mi vacilación, agrega—: Va a estar bien, Aron. Lo prometo.

Sin embargo, sus palabras no me consuelan.

Se han roto demasiadas promesas; creo que ya no creo en ellas.

—¿Aron? —Me giro para encontrar a Ethan en la puerta. Arrodillándome frente a él, lo miro y pregunto.

—¿Qué pasa, amigo?

—¡Quiero mostrarte algo! —grita emocionado y yo lo sigo adentro, mirando detrás de mí una vez y asintiendo con la cabeza a Eve. Le doy permiso para ir y resolverlo todo. Mientras tanto, descubriré cómo decirle a Ethan que vamos a irnos a vivir, al menos un tiempo, con nuestra tía.

A MEDIDA QUE CONDUCIMOS A LA CASA DE EVE, MIRO MI nuevo entorno. Se fue el vecindario en el que he vivido toda mi vida. En cambio, nos encontramos en un lugar que se ve completamente diferente. Todas las casas aquí se ven iguales. El césped es verde, las casas están pintadas de blanco y hay niños jugando sin miedo en el patio.

Pasamos por una casa y vemos a una familia haciendo una parrillada con lo que supongo que son sus amigos. Todos se ríen y conversan, completamente despreocupados.

Supongo que el pasto es más verde del otro lado. Miro hacia otro lado.

Esto es muy normal. Sólo me recuerda que nuestra infancia estuvo lejos de ser perfecta.

No estamos viviendo las vidas que se suponía que debíamos vivir. El auto se detiene unos minutos después, y Ethan prácticamente salta a la acera. Me quito el cinturón de seguridad, abro la puerta y salgo detrás de él. Curiosamente, no ha hecho demasiadas preguntas sobre el hecho de que no volveremos a casa.

Él preguntó qué le pasaría a mamá y qué estábamos haciendo. Le dije que íbamos a pasar un tiempo con nuestra tía. Estuvo confundido durante unos dos minutos antes de que Eve le dijera que tenía una consola de juegos en casa. Entonces todas sus preocupaciones fueron olvidadas. Desearía que yo pudiera olvidar así de fácilmente.

Siguiendo a Eve, entramos en la casa y ella nos da un recorrido rápido. Ha pasado mucho tiempo desde la última vez que estuvimos aquí, apenas la recuerdo. Su casa es muy bonita, no extravagante, pero sí espaciosa y cómoda. Parece una casa, pero puedo decir que está vacía. Nos muestra fotos de su esposo y fotos de ella y mi madre cuando eran pequeñas.

Me doy cuenta de que no hay fotos de niños, ni siquiera de nosotros.

Ethan pregunta por su esposo, *nuestro tío*, y supe que había fallecido por la mirada en sus ojos. Se seca una lágrima y luego sonríe.

—Se ha ido hace un par de años.

—Lo siento mucho —le digo, pero Eve se encoge de hombros.

—Tuvimos una vida maravillosa juntos.

Empujando sus hombros hacia atrás, nos dirige escaleras arriba, guiándonos a lo que serán nuestras habitaciones.

—Esta será tu habitación —dice ella, Ethan y yo miramos adentro.

Ella abre más la puerta.

—¡Ve adentro! —dice, emocionada. Y en ese momento, puedo decir que está feliz de que estemos aquí con ella a pesar de las circunstancias que nos llevaron a su puerta.

—¡Esto es genial! —Ethan grita, entrando y yendo directamente a uno de los carros de juguete que están en el suelo, señalando un Mustang rojo, pregunta—: ¿Puedo jugar con esto?

—Es todo tuyo —dice con una sonrisa Eve, mientras Ethan se sienta en el suelo y comienza a empujar el auto de lado a lado.

—No tenías que hacerlo —le digo.

Ella pone su mano sobre mi hombro.

—Lo compré para él el año pasado para navidad. Sé que no estaba cerca pero bueno, pero quería estarlo. Les he comprado un regalo de cumpleaños y un regalo de navidad durante los últimos años —dice, sorprendiéndome por completo. Ella respira hondo antes de agregar —. Debería haber intentado con más ahínco.

—Yo... —empiezo, tratando de aliviar algo de su culpa, pero ella me detiene una vez más.

—Vamos a ver tu habitación.

—¿Tienes tu propia habitación también? —Ethan pregunta, levantando la vista de su lugar en el suelo.

Eve asiente con entusiasmo.

—¡Sí, así es! —Ella sale de la habitación y yo la sigo. Ethan se arrastra detrás de nosotros, tiene su auto de juguete bien agarrado en su mano. Él camina frente a mí, impaciente por ver cómo se ve la otra habitación.

—¡Wow, esta es mucho más grande que la mía! —él dice.

—Él es mucho más grande que tú —dice Eve gentilmente—. No creo que quepa en tu cama.

Ethan se ríe.

—Es cierto, sus pies colgarían del colchón.

—¡Sí, así es! —Eve responde, acariciándole el cabello.

Miro alrededor de la habitación y luego miro a Eve con Ethan. No quiero que se apegue demasiado a ella, aunque sé que lo hará. No sabemos qué nos va a pasar a continuación. Ni siquiera sabemos si Eve querrá quedarse con nosotros o si tendremos que volver con nuestra madre.

Lo único que sé es que somos Ethan y yo contra el mundo.

Siempre.

11

YO TAMBIÉN TOQUE FONDO.

NOS DIRIGIMOS AL JUZGADO EN SILENCIO. TÍA EVE sostiene el volante con demasiada fuerza, sus nudillos se vuelven blancos. Durante las últimas seis semanas, nos ha dado la bienvenida a Ethan y a mí a su casa, voraz en su necesidad de saber todo sobre nosotros. Por primera vez en siete años, me he sentido realmente atendido.

Echo un vistazo por encima del hombro a Ethan sentado en la parte de atrás, distraído jugando con una tablet que Eve le consiguió. No estoy seguro de que esté al tanto de lo que va a pasar hoy, y esa es la forma en que quiero mantenerlo. Levanta la vista cuando nos detenemos frente a un imponente edificio de piedra.

—¿Qué es eso? —pregunta con curiosidad.

—Eso es un juzgado.

—¿Como en la televisión? —pregunta, hablando sobre un programa que él y Eve comenzaron a ver la semana pasada. Ella ha sido muy buena con él, respondiendo cualquier pregunta que yo no pueda responder. Ella lo ha estado cuidando como si fuera su propio hijo, como si los dos lo fuéramos.

Asiento con la cabeza.

—Sí.

—¿Qué estamos haciendo aquí?

Me detengo a pensar qué decir, pero Eve me gana.

—Tenemos algunas cosas que arreglar. Podrás pasar el rato en una sala con un montón de juegos mientras tu hermano y yo hacemos algunas cosas que están pendientes —dice ella.

La miro y ella ve la pregunta en mis ojos.

—Llamé al juzgado. Él no tiene que estar en la sala principal, así que tiene la suya para que juegue —dice en voz baja.

—Gracias —le digo a ella. Estoy agradecido de que ella también comprenda la importancia de proteger a Ethan.

—No te preocupes por eso —dice Eve, apoyando su mano sobre la mía.

—¿CREE USTED QUE PUEDE HACER ESO? —LA JUEZA LE pregunta a mi madre. Me siento al lado de Eve, que juega nerviosamente con sus manos. Me encuentro al borde de mi asiento, esperando ver lo que mi madre dirá a continuación, pendiente de cada palabra.

—¿Cree que puede hacer eso, señora Lincoln? —la jueza pregunta una vez más. Su apellido no es Lincoln. Es Robertson. Volvió a su apellido de soltera después de que ella y mi padre se divorciaron. Creo que dejé que mi mente se aferrara a este hecho porque tengo miedo de concentrarme en lo que está sucediendo ahora, en lo que ella dirá.

—Ah... —comienza mi madre. El juez espera su respuesta con impaciencia, y el resto de nosotros también.

—¿Está dispuesta a seguir los pasos necesarios para volver a ver a sus hijos? —ella presiona.

Mi madre mira hacia abajo, luego se da vuelta para mirar hacia el fondo de la habitación. Su mirada se encuentra con la de su hermana y luego viaja hacia mí.

—No creo... —comienza y aunque creo que está hablando con el juez, sus ojos todavía están fijos en mí.

La jueza exhala ruidosamente.

—¿Podría hablar más alto y dirigirme su respuesta?

Mi madre aparta sus ojos de los míos y se vuelve hacia la jueza.

—No creo que yo... creo que sería mejor que se quedaran con su tía —responde y la pequeña parte de mí que tenía la esperanza de que mi madre nos amara, se preocupara por nosotros, desaparece. Cuando ella dice que *nosotros* estaríamos mejor sin ella, sé que quiere decir que *ella* lo estaría. Ni siquiera se refiere a Eve como su hermana, sólo como nuestra tía.

Dejé de admirar a mi madre hace mucho tiempo. Nunca pensé que llegaría tan lejos como para desear que ella no fuera mi madre en absoluto.

—Está bien, entonces, está decidido, señora Lincoln...

—Robertson —corrijo a la jueza. El alguacil del juzgado me mira fijamente y sé que no es protocolo hablar fuera de turno. Para todos en la sala, solo soy un miembro de la audiencia, pero no lo soy. Estoy esperando que el juez determine qué pasará con mi hermano y conmigo. Estoy esperando que ella determine lo que sucede el resto de mi vida.

—Perdóneme, señorita Robertson —se corrige la jueza y le indica al alguacil que se retire. Ella continúa, sin molestarse por mi interrupción—. Me inclino a estar de acuerdo con el estado en que no es apta para ser madre. Por lo tanto, otorgaré la custodia total de Aron Lincoln y Ethan Lincoln a su tía, Eve Stephens. Espero sinceramente que reconozca la importancia de la familia y tome las medidas necesarias para rehabilitarse a fin de que, algún día, pueda ganar el perdón de sus hijos. Te sentencio a sesenta días de rehabilitación como paciente ambulatorio en el Centro de Butler. Le advierto que debe tomar el programa en serio. No quiero volver a verle en mi sala nunca más. Si lo hago, no seré tan indulgente.

Me levanto, aclarando mi garganta.

—¿Puedo tener un momento con ella? —Le pregunto a la jueza—. ¿Por favor?

En mi periferia, veo a los alguaciles caminando en mi dirección, pero eso no me disuade.

Eve desliza su mano en la mía, apretándola. Le sonrío.

—Solo quiero decirle algunas cosas —agrego.

Me sorprende cuando ella dice—: Tienes cinco minutos. Alguacil, tráigalo a él y a la acusada a la sala de deliberaciones del jurado.

Asiento en señal de gracias, y cuando paso por su lugar, ella dice—: Cinco minutos, hijo.

El alguacil me lleva a la sala de deliberaciones y otro alguacil trae a mi madre.

—Estaremos justo afuera de la puerta —me dice uno de ellos. Asiento con la cabeza. Esto no tomará mucho tiempo.

Con la puerta cerrada, queda silencio entre nosotros. Mi mamá me mira con el espíritu roto.

—Lo... —comienza, pero levanto mi mano para detenerla.

—No. No puedes hablar ahora. Tengo algo que decirte, y luego terminamos. Tú has estado jugando en el límite durante tanto tiempo y he tratado de evitar que caigas.

Sin embargo, el único que terminó casi ahogado fui yo. —Mis ojos están clavados en los de ella, tal vez por última vez—. En un intento por mantener la cabeza fuera del agua, me encontré tocando fondo.

Me detengo y respiro hondo.

—Ya terminé de tratar de ser tu salvavidas. No puedo asumir el papel de ser tu padre también.

Una lágrima se desliza por su rostro, pero digo lo que necesito antes de perder la fuerza.

—Se suponía que eras mi madre. Se suponía que yo era el niño, no al revés. Tuviste tantas oportunidades de cambiar, de buscar ayuda. Podrías haber cambiado tu vida, para ti, para nosotros, pero rechazaste cada una de ellas.

—Un juez te dio la oportunidad de recuperar a tus hijos. Todo lo que tenías que hacer era ir limpiarte, asistir a rehabilitación, mantenerte sobria... —Me río, porque es lo único que puedo hacer para evitar llorar. Me alegra que Ethan no esté aquí para ver esto, para que esto no lo *asuste*—. Decidiste que no valía la pena. Decidiste que no valíamos la pena.

Ella solloza audiblemente.

—Hoy, yo también me rendiré contigo. He tomado la decisión de que mi prioridad es cuidar de *mí* y de *Ethan* esta vez.

Sus hombros comienzan a temblar mientras trata de contener las lágrimas. Quiero consolarla porque ese es mi instinto, pero no lo haré. En cambio, enderezo mi columna, me doy la vuelta y salgo de la sala.

12

MAMÁ ROMPIÓ SU PROMESA. PERO YO NO ROMPERÉ LA MÍA.

TROPIEZO EN LA OSCURIDAD, BUSCANDO LAS LLAVES QUE Eve me dio hace dos semanas. Pongo mis manos en mis bolsillos, vaciándolos. Oigo las llaves caer al suelo, así que me agacho para comenzar a buscarlas.

Está oscuro afuera.

Todo a mi alrededor está girando.

Ni siquiera recuerdo lo que pasó hoy.

Empecé en una nueva escuela hace un par de semanas.

Es extraño ser el chico nuevo, pero no es terrible. Cuando el entrenador escuchó que había jugado fútbol en mi antigua escuela, me pidió que me uniera al equipo. Los muchachos me dieron la bienvenida tan fácilmente, decidiendo que necesitaba ser incluido en el equipo apropiadamente. Entonces, después de practicar hoy, nos fuimos de fiesta.

Nos divertimos tanto que todavía estoy de rodillas buscando mis llaves.

¿Cómo demonios llegué a la casa de Eve en primer lugar?

¡Sí! Finalmente encuentro mis llaves y me levanto, tambaleándome ligeramente.

Debo haber tenido cerca de veinte tragos. Ni siquiera recuerdo lo que pasó la mayor parte de la noche.

Después de intentar con las llaves tres veces diferentes, finalmente consigo que se abra la puerta.

Entro lo más silenciosamente posible, tratando de no despertar a nadie. Cierro la puerta lentamente, pero se cierra de golpe. Miro hacia las escaleras, esperando que nadie lo haya escuchado. Doy unos pasos en esa dirección, con la intención de subir las escaleras, pero en el último segundo, me desvío a la cocina por un vaso de agua.

Después de beberlo, regreso a las escaleras, tambaleándome y tropezándome todo el camino.

Paso por la puerta de Eve, y luego por la de Ethan. Sigo caminando y justo cuando giro el pomo de la puerta de mi habitación, escucho pequeños pasos que vienen en mi dirección.

—¿Qué estás haciendo? —Ethan me pregunta, frotándose los ojos.

No puedo creer que lo haya despertado.

—Bajé a buscar un vaso con agua.

Él frunce el ceño.

—Estás borracho —dice, y sus palabras me ponen sobrio al instante.

—Yo... tomé unos tragos esta noche —le digo. Me rompe ver la decepción en sus ojos.

—Te estás convirtiendo en mamá —me acusa y siento que me han dado un puñetazo en la cara—. Piensas que sólo porque eres mayor que yo no me doy cuenta de lo que está pasando, pero me doy cuenta de muchas cosas. Y te estás convirtiendo en ella. Pensé que eras más listo que ella. Pensé que me amabas más que ella.

No puedo creer que me haya permitido ser absorbido por este agujero. Estoy llegando al fondo ahora. Me estoy convirtiendo en el monstruo contra el que luché tan ferozmente.

—Lo siento —digo, encogiéndome al escuchar las palabras que salen de mi boca. Eso es algo más que mamá solía decir. Siento que me han arrojado un balde de agua fría.

Se acerca a mí y yo me siento en el suelo.

—Tienes razón —agrego.

—¿Por qué? —me pregunta, sentándose frente a mí

—Estaba en una fiesta —le digo.

Él sacude su cabeza.

—Esta no es la primera vez —dice, descubriendo mi mentira.

Pensé que nadie se había dado cuenta.

Pensé que lo había estado ocultando con éxito.

Respiro hondo y lo miro a los ojos.

—Creo que estaba tratando de hacer frente al cambio —le digo, y una vez más, me recuerdo a nuestra madre.

—Esa no es una buena manera de hacer frente —me dice, repitiendo las mismas palabras que le dije a mi madre.

De repente entiendo el significado de aborrecerse a sí mismo.

¿Así se sentía mi madre?

Asiento con la cabeza.

—Tienes razón. Te lo prometo, nunca lo volveré a hacer.

—¿Cómo sé que cumplirás tu promesa? Mi mamá nunca lo hizo —dice, y esas palabras me revelan más de lo que piensa. Él sabe más de lo que nunca pensé que sabía. Incluso con lo que intenté, parece que no podría protegerlo de todo.

—Porque soy tu hermano y siempre te cuidaré. Nunca he roto una promesa que te he hecho antes, ¿verdad?

—Eso es cierto —dice.

—No comenzaré ahora. —Lo miro a los ojos cuando digo esas palabras para que sepa que lo digo en serio.

Él asiente, aceptando lo que dije como lo hice con mamá muchas veces antes. La única diferencia es que mamá rompió su promesa. No hay forma de que yo rompa la mía.

———

—No te golpees mucho —dice Eve, caminando a la cocina a la mañana siguiente. Se acerca al refrigerador y se sirve un vaso de jugo de naranja, luego se sienta frente a mí.

—¿Escuchaste? —pregunto, poniéndome el Tylenol en la boca y tomando un sorbo de agua para pasarlo.

Ella asiente.

—No quise hacerlo. Me desperté con el...

—El sonido de mí tropezando por las escaleras —le digo.

Ella toma un sorbo de su jugo.

—Bueno, sí. Quería asegurarme de que estabas bien. Abrí la puerta un poco y encontré a tu hermano hablando contigo.

—No te vi —le digo. Me da vergüenza que ella también me haya visto así.

—Iba a hablar contigo, pero creo que necesitabas escucharlo de Ethan.

Dejo mi bebida.

—Nunca quise que me viera de esa manera.

—Lo sé, cariño —dice ella, extendiendo la mano y tomando mi mano—. Pero él era el único que iba a comunicarse contigo.

—No sé por qué lo hice —le digo honestamente.

Se levanta de su silla y se acerca a la mesa, tomando asiento a mi lado. Al tocar mi hombro, ella dice—: Sé por qué.

—¿Por qué?

—Has estado cuidando a tu hermano, e incluso a tu madre, durante los últimos años. Por lo que escuché sobre su novio —dice ella, y me estremezco ante el recordatorio de la existencia de Richard—. Él tampoco era el mejor chico. Estoy segura de que tuviste que lidiar con mucho de él también.

Asiento, y ella continúa—: Nunca tuviste la oportunidad de rebelarte. Nunca pudiste gritarle a ella. Nunca tienes que actuar porque tenías que cuidar a Ethan. Creo que cuando tuviste la oportunidad de finalmente defenderte, lo hiciste.

—¿Emborrachándome? —pregunto, enojado conmigo mismo.

—Al emborracharte tanto te olvidarías de que estás sufriendo —dice ella y tiene sentido. También me hace comprender un poco por qué mamá consumió drogas. Supongo que ella también quería olvidar.

Sin embargo, eso no lo hizo bien.

—Esa no es una razón suficientemente buena.

—No, no lo es. Si lo haces de nuevo, puedes obligarme a castigarte —dice ella, riendo.

La miro sin sonreír.

—Esa sería la primera...

—No creo que tenga que recurrir a eso porque no creo que lo vuelvas a hacer.

—No lo haré.

Ella asiente, resuelta.

—Una bebida aquí y allá está bien. Simplemente no uses alcohol para hacer frente a tus emociones, ni a las drogas. No funcionó para tu madre.

—Y tampoco funcionará para mí. No tienes que preocuparte. No lo volveré a hacer.

—Bueno. ¿Ahora a desayunar?

Asiento con la cabeza.

—¿Necesitas ayuda? —

Ella sonríe ampliamente.

—Claro, me encantaría.

Juntos, hacemos panqueques, huevos y tocino. Unos minutos después, Ethan baja corriendo las escaleras. Aparece en la puerta de la cocina, trepando a uno de los taburetes del mostrador.

—¡Huele tan bien! —dice, tomando uno de los trozos de tocino del plato.

—¡Hey, espéranos! —Eve dice.

—¡Lo siento! —él le sonríe mientras toma un bocado de tocino—. ¡El resto está listo! Vamos a sentarnos y comer.

Eve coloca el gran plato de panqueques en la mesa y yo agarro los huevos, colocándolos al lado del otro plato. Tomo el jugo del refrigerador y los vasos del gabinete, coloco uno frente a Ethan y le sirvo un poco.

—Oye, amigo, solo quería pedirte perdón de nuevo. No era el tipo de persona que debería haber sido anoche. No volverá a suceder. —No quiero fingir que anoche no sucedió. Solo quiero asegurarme de que sepa que fue la última vez.

—Sé que no lo hará. La gente comete errores, Aron. Mi mamá hizo un poco, yo también lo sé. Y un día, ella regresará y la perdonaremos —dice, llenando su plato con comida.

—Correcto —respondo.

—¡Oh, tengo una sorpresa para los dos! —La tía Eve dice, saltando de su asiento. Ambos la miramos, preguntándonos qué la animo tanto—. Bueno, no se queden ahí parados, ¡vamos!

Caminamos hacia la puerta que conduce al garaje. Ella lo abre y nosotros miramos adentro.

Hay dos autos, el suyo y luego otro tan cubierto de polvo que llevaría unas horas limpiarlo a mano.

—¡Ta-da! —grita emocionada.

—¿Necesitas que lavemos eso? —Ethan pregunta y los dos nos reímos.

—¡No tonto! Este auto es para Aron. Sé que usaste uno viejo cuando vivías en casa y, bueno, tienes que ir y venir de la escuela.

La miro con la boca abierta.

Siento que Ethan tira de mi camisa y miro hacia abajo para verlo mirándome con ojos enormes.

—¿Qué pasa? —Pregunto.

—¿Crees que ella también me consiguió un auto? —dice, sonando tan esperanzado como siempre. Eve y yo nos reímos.

—No, no te conseguí un auto. ¿Pero pensé que tal vez tú y Aron podrían compartir este? Él podría usarlo para llevarte a la escuela de vez en cuando, cuando no tiene práctica de fútbol. Incluso podría llevarte a comer helado —ella dice y los ojos de Ethan se iluminan ante la idea.

—¿Estás segura? —pregunto, aún incapaz de creer que ella haría esto por nosotros.

—Sí. Lleva aquí un par de años acumulando polvo. Creo que ustedes, chicos, pueden darle un buen uso.

Camino hacia ella y la abrazo. Se tensa brevemente y sé que está tan sorprendida como yo por el gesto. Entonces ella me abraza también.

—Estoy tan feliz de que ustedes estén conmigo —dice ella, con la voz quebrada—. Sé que no fue una situación ideal, pero estoy feliz de que estén aquí.

Ethan envuelve sus pequeños brazos a nuestro alrededor.

—Estamos contentos de estar aquí contigo, tía Eve —dice.

—Somos una familia —le digo, y lo digo en serio. Puede que no haya sido alguien con quien crecimos o que pudiéramos ver todos los días, pero cuando las cosas se pusieron difíciles, ella apareció. No lo cuestionó. Ella no inventaba excusas. En cambio, nos abrió su casa, abrió su corazón.

Lo menos que podemos hacer es abrir el nuestro.

EPÍLOGO
ELLA ES IMPORTANTE PARA MÍ.

Es un año nuevo y las cosas se ven bien. No hemos escuchado nada de nuestra madre, pero creo que es lo mejor. Estamos comenzando a desarrollar una nueva rutina, Ethan está haciendo nuevos amigos y las cosas están bien. Somos felices. Si alguien me hubiera preguntado el año pasado si pensaba que las cosas podrían salir así, la respuesta habría sido no.

Pero a Ethan y a mí nos dieron una segunda oportunidad. Eve ha desempeñado el papel de madre amorosa en sólo unos meses, algo en lo que mi madre falló durante años.

Mi nueva escuela tampoco es tan mala. El fútbol ha sido mi refugio de todos los cambios en mi vida y estoy aprovechando al máximo cada oportunidad. Eve también quiere que vaya a la universidad, no es algo en lo que me haya permitido pensar demasiado, pero sigue rondando por el fondo de mi cabeza.

Esta noche, es otra primera vez. Estoy en el baile de bienvenida, no porque quiera, sino porque, como miembro del equipo, estoy obligado a hacerlo. También estoy aquí ante la insistencia de Eve. La capacidad de comenzar de nuevo no es algo que muchas personas obtienen, y sería un idiota si me rindo.

Entro en el estacionamiento de estudiantes, detengo mi auto al lado de la misma motocicleta que normalmente lo hago, sorprendido de verla aquí. No pensé que ella fuera el tipo de chica que venía al baile de bienvenida. Ver a Dimah todas las mañanas se ha convertido en mi rutina diaria. Tal vez algún día, pueda lograr que se quite los audífonos y me hable.

Camino la corta distancia al gimnasio, moviéndome incómodamente bajo el peso de mi chaqueta informal. Desafortunadamente, es un requisito para los jugadores de fútbol.

Al entrar al gimnasio, encuentro serpentinas y pancartas por todas partes.

Camino hacia una de las mesas y me sirvo un vaso de ponche. Tomo un sorbo y lo escupo de nuevo en el vaso. Le han puesto alcohol y ni siquiera del bueno.

En su lugar, opto por una botella de agua y me paro incómodamente a un lado del gimnasio, escaneándola. No me doy cuenta de que estoy buscando algo hasta que lo encuentro. Ella se para al otro lado del gimnasio, en las sombras e invisible. Lleva jeans oscuros rotos y una sudadera negra, completamente diferente de todos los vestidos y faldas que llevan todas las otras chicas.

Ella mira alrededor del lugar y luego vuelve a bajar la mirada a sus pies. Mi mirada se ve obligada a alejarse de Dimah cuando un grupo de chicas se para frente a mí. Las miro expectante, esperando ver qué quieren.

—Hola, Aron —dice una de ellas con una sonrisa sensual.

—Hola —respondo.

—¡Te ves genial! —otra agrega.

—Gracias.

Una de ellas, una de las animadoras, entra en la línea de mi visión apoyando su mano en mi pecho.

—Si alguna vez necesitas algo, házmelo saber —dice con un guiño.

Cuando no digo nada en respuesta, el grupo toma su señal para irse. En menos de un año, creo que me he convertido en una persona diferente. Estoy totalmente enfocado en terminar el bachillerato e ir a la universidad y mantener a mi hermano.

No necesito chicas para distraerme. No necesito alcohol para ahogar mis pensamientos, ni mis recuerdos. Solo necesito trabajar duro y tomar lo bueno con lo malo.

Cuando mis ojos vuelven a Dimah, descubro que ella ya no está allí. Escaneo el lugar, buscándola y vislumbrándola salir del gimnasio.

Instintivamente, la sigo, evitando a cualquiera que intente detenerme.

En el pasillo, la escucho agradecerle a alguien.

—Lo que sea —dice el chico, arrebatando el dinero de su mano y metiéndolo en su bolsillo. Él saca un porro y se lo da.

—¿Qué coño? —Digo por lo bajo.

La cabeza de Dimah se levanta, sus ojos se abren cuando me ve. Girando sobre sus talones, se apresura a salir por la puerta.

Enfurecido, acecho hacia Randall, uno de los muchachos del equipo de béisbol, empujándolo contra el casillero más cercano.

—¿Qué *coño* crees que estás haciendo? —Aprieto su camisa y lo golpeo contra la pared de metal detrás de él.

—¿Amigo, qué demonios? —pregunta confundido.

Le digo con desdén.

—¿Acabas de venderle sus drogas?

—¿Sí, quieres? —bromea con descaro.

—Joder, no —le escupo—. Si alguna vez te veo vendiendo esa mierda en los terrenos de la escuela... Si alguna vez *escucho* que vendes drogas a los estudiantes, me aseguraré de que te expulsen.

—Es solo hierba —contesta, como si fuera lo más normal del mundo.

Lo miro por un momento más, sintiéndolo retorcerse bajo mi agarre.

—Si escucho que estás vendiendo esta mierda de nuevo, entonces ser expulsado será el menor de tus problemas. —Después de un momento, él asiente. Empujándolo, lo veo correr por el pasillo, desapareciendo por las puertas del gimnasio.

Respiro hondo, esperando que la ira disminuya. Cuando siento que estoy lo suficientemente tranquilo, camino afuera, donde veo a Dimah apoyada contra la pared cerca del bote de basura. El final del porro se pone rojo cuando inhala profundamente.

Asegurándome de mantener mi voz neutral, finalmente le digo algo.

—¿Qué hace una chica bonita como tú fumando esa mierda? —Le pregunto, esperando poder convencerla de que no vaya por este camino. Esto no es quién es ella o quién creo que es, de todos modos. Me encuentro demasiado involucrado. Me detengo nerviosamente, esperando que me dé la hora del día a pesar de saber que no tiene idea de quién soy.

Espero su respuesta porque me importa. Porque por alguna maldita razón no puedo comprender completamente, *ella* me importa.

PALABRAS DE ALIENTO

SI ESTÁS SUFRIENDO POR ALGO, RECUERDA...

—¡Llora un poco, deja salir tus sentimientos y luego mira a tu alrededor lo que has logrado y agárrate a eso porque eres tú y ¡eres increíble! La vida apesta, sí, pero siempre hay algo que esperar. —Cynthia V.O.

—Con cada negativo que notes, encuentra dos aspectos positivos para contrarrestarlo. Tú vales más de lo que la voz insidiosa de dentro dice que eres. Tú eres suficiente. —Courtney S.

—Llora cuando lo sientas. Recuerda que todos tienen inseguridades, pero recuerda que eres más valorado. Si hay que seguir adelante, llora, pero luego piensa que la vida está llena de nuevos comienzos. Ámate a ti mismo porque Dios te creó con amor. —Christina G.

—Sé feliz contigo mismo. No importa lo que digan, hazte feliz antes que a los demás. —Cynthia C.

—¡Eres hermosa tal como eres! No te compares con los demás. Más bien compárate hoy con quién eras ayer, hace una semana o hace un año, y mira hasta dónde has llegado. ¡Tú eres suficiente! Las únicas expectativas de las personas que debes cumplir son las tuyas. Si alguien decide afectarte, no es un reflejo de ti sino de ellos y sus inseguridades. ¡Se tú misma! ¡Eres el único tú y el mundo te necesita, de lo contrario no estarías aquí! ¡Así que echa los hombros hacia atrás, levanta la cabeza y deja que te oigan rugir! —Rachel R.Y.

—Está bien llorar y dejarlo salir. ¡Entonces, levántate, límpiate la cara y sigue adelante porque eres hermosa y ¡lo vales! —Samantha S.

—¿Qué le dirías a un amigo que se sentía como tú? ¿Permitirías que tu amigo se golpeara? ¿Qué hablará mal de sí mismo? Tú también eres importante. Usa esas palabras en ti mismo. —Jennifer G.

—Está bien amarte a ti mismo. —Dee S.

—Tú eres fuerte. Eres hermosa. Eres inteligente. Tú eres suficiente. No dejes que quienes te derribaron sigan haciéndolo. Recupera el poder de quienes te lastimaron. Encuéntrate. Ámate a ti mismo. —Autora Gianna Gabriela

ACERCA DE LA AUTORA

Sobre la autora

Gianna Gabriela es una niña de pueblo que vive en la gran ciudad de Nueva York. Se considera una escritora de magníficos machos alfa y heroínas fuertes. Ha estado leyendo durante años y lo llama su adicción. Su género favorito es cualquier cosa en romance.
Y es una firme creyente de que "una habitación sin libros es como un cuerpo sin alma". Su color favorito es el negro, le encantan la mayoría de los deportes y no le gusta pintarse las uñas porque le cuesta mucho trabajo quitarse el esmalte.

Sígueme:

OTRAS OBRAS DE GIANNA GABRIELA

SERIES

Universidad Bragan

Esperando por ti, Libro 1

Luchando por ti, Libro 2

Sobrevivire

No es el final: Sobreviviré, Libro 1

Nada es igual, Sobreviviré, Libro 2

INDEPENDIENTES

Solo por ti